www.tredition.de

AF202294

Stefan Friedmann

Kleine Lecker-
bissen für
Feinschmecker

www.tredition.de

© 2018 Stefan Friedmann
Umschlag, Illustration: mb design

Verlag und Druck: tredition GmbH, Hamburg

ISBN
Paperback: 978-3-7469-0853-3
Hardcover: 978-3-7469-0854-0
e-Book: 978-3-7469-0855-7

Das ewige Haus 11

Die letzte Entscheidung 17

Die Babysitterin 23

Der Besuch 29

Fliegen 34

Puppenjunge 40

Der Traum 46

Zeichen 52

Böse Taten… 58

Das Maislabyrinth 63

Der Schrottplatz 70

Das Hütchen-Spiel 76

Braune Augen 82

Der Telefonanruf 88

Die Kellertreppe 95

Für immer und ewig 101

Die Blutprobe 107

Das Dorf 114

Der Mitternachtsbus 120

Der Schlüssel 124

Bedanken möchte ich mich bei Stefanie und Ivonne für ihre knallharte und dringend nötige Fehlerkorrektur. Und natürlich bei Ariane, die mich mit ihrem unermüdlichen Einsatz an allen Fronten tatkräftig unterstützt. Ein weiteres Dankeschön geht an mb design, die wieder einmal das Cover gestaltet haben. Es ist sensationell geworden! Doch das größte Dankeschön geht an meine Frau. Oft musst du Rücksicht nehmen oder den Alltag mit den Kindern ohne mich bewältigen, weil ich in die Welt des Schreibens abgetaucht bin. Halte bitte weiter durch!

Bisher ist vom Autor in diesem Verlag erschienen: „Das Teufelshaus"

ISBN

Paperback:	978-3-7345-5533-6
Hardcover:	978-3-7345-5534-3
e-Book:	978-3-7345-5535-0

Besucht mich auf meiner Homepage:

www.stefanfriedmann.de

Oder schreibt mir unter:

stefan.friedmann1@web.de

Vorwort

Als erstes möchte ich mich bei Ihnen für den Kauf dieses Buches bedanken. Diese zwanzig Kurzgeschichten liegen mir sehr am Herzen, da die Ideen dafür tatsächlich aus alltäglichen Situationen stammen. Die reale Vorlage für meine erste Geschichte in diesem Sammelband existiert tatsächlich. Ich hatte den Schuppen während eines Aufenthalts bei Freunden meiner Schwiegermutter entdeckt. Und ratzfatz war die Idee zu „Das ewige Haus" geboren.

Vielleicht ist die eine oder andere Geschichte dabei, die Ihnen aus Ihrem eigenen Umfeld bekannt vorkommt. Ich meine damit nicht, dass ich Sie in die Situationen wünsche, die meine Protagonisten durchleben müssen. Aber eventuell gibt es bei Teilen der Stories kleine Parallelen zu Ihrem Leben. Wahrscheinlich haben Sie noch nicht die Bekanntschaft mit Monstern oder anderen merkwürdigen Gestalten gemacht … aber man weiß ja nie, was noch kommt. Das Leben hält so manche Überraschung bereit.

Viele Einfälle kommen aus dem Nichts und plötzlich sind sie da. Einige verschwinden recht schnell wieder, aber andere machen es sich hartnäckig auf der Festplatte gemütlich. Man muss sie dann nur noch in schmucke Worte fassen und auf Papier bannen. Das ist dann der einfache Teil. Den Ansatz für eine Geschichte mit Protagonisten zu bestücken und auszubauen, das ist der schwierigere Teil. Trotzdem bereiten mir beide gleichermaßen viel Freude.

Das Schreiben bietet einem die Möglichkeit, die stabilen Grenzen der Realität zu sprengen und in Universen vorzudringen, in denen sich noch keiner zuvor aufgehalten hat. Folgen Sie mir einfach und ich werde Ihnen mein Universum zeigen.

Herzlichst, Ihr Stefan Friedmann

Barenburg, Februar 2018

Für Susanne.

Auch wenn du nicht mehr bei uns bist,

bist du überall, wo wir sind.

Wir vermissen dich.

Das ewige Haus

Sandra hatte es zuerst entdeckt. Es lag gut versteckt zwischen hochgewachsenen Büschen und dunklen Tannen, beinahe unsichtbar für das menschliche Auge. Und wenn sie nicht den eigentlichen Wanderpfad verlassen hätten, um nach Pilzen zu suchen, wären sie vorbeigelaufen.

„Was ist das?", fragte Sandra, der man die Überraschung deutlich anhörte.

„Ein Schuppen, würde ich sagen. Was soll das sonst sein?", antwortete Marc.

„Hier draußen, mitten im Wald? Hier führt ja nicht einmal ein Weg hin."

„Da hast du Recht", sagte Marc, drückte dabei lästige Zweige zur Seite, schob sich ächzend an einen Busch vorbei und stellte sich direkt vor das verwitterte Gebäude aus schlecht zusammengezimmerten Brettern und einem Wellblechdach.

„Aber es ist eindeutig ein Schuppen."

Sandra stellte sich neben ihm. Ihr war beim Anblick des baufälligen Gebäudes Unwohl. Sie hatte eine schreckliche Vorahnung, dass hier etwas nicht mit rechten Dingen zuging.

„Lass uns gehen", sagte sie und zerrte an Marcs Arm. Sie wandte sich ab und wollte zum eigentlichen Weg zurück, der etwa hundert Meter weiter, hinter dichtem Gestrüpp, parallel am Schuppen vorbeiführte. Doch Marc hielt sie zurück.

„Warte. Sieh dir mal das Holz an. Da steht was geschrieben: Das ewige Haus. Was soll das denn sein? Und da ist eine Klingel aufgemalt. Was wohl passiert, wenn ich die drücke?"

„Ist mir doch Schnuppe. Ich will nur weg hier", forderte Sandra.

„Gleich, ich möchte wenigstens noch einmal klingeln", sagte Marc und berührte das Holz mit dem aufgemalten Druckknopf. Sandra stutzte.

„Hast du das gehört?", fragte sie. „Ich glaube, es hat dort drinnen tatsächlich geläutet."

„Ach was, ich habe nichts gehört", sagte Marc. „Die Klingel ist aufgemalt, die kann nicht funktionieren."

„Wir sollten jetzt wirklich gehen", sagte Sandra sichtlich nervös. Dann öffnete sich die Tür wie von Geisterhand. Sie schwang geräuschlos nach außen auf.

„Das gibt's doch nicht", sagte sie und wollte gerade zurückweichen, als sie von drinnen eine Stimme hörten: „Tritt ein, bring Glück herein!"

Sandra und Marc blickten sich fragend an, dann öffnete Marc die Tür ganz.

„Nicht", schrie Sandra, doch Marc war schon eingetreten. Sandra blickte sich noch einmal hilfesuchend um, dann folgte sie ihrem Freund.

Der Raum, den sie betraten, war viel größer als es von außen her den Anschein hatte. In der Mitte stand ein großer Holztisch, auf der sich eine Schale mit Obst befand, um das sich Fliegen balgten. Auf der gegenüberliegenden Seite gab es eine Nische, die mit einem blauen Vorhang verschlossen war. Rechts von ihnen brannte ein schwaches Feuer, über dem ein Topf aus Metall hing. Auf der linken Raumseite stand ein wuchtiger Eichenschrank, der mit Töpfen, Pfannen, Geschirr und vertrocknetem Brot vollgestellt war. Daneben gab es eine Spüle, in der schmutziges Geschirr stand. Der ganze Raum roch nach ranzigem Fett.

Marcs Blick wanderte nochmals zur Nische mit dem blauen Vorhang, neben dem es eine Tür gab, in die man ein Herz geschnitten hatte. Er vermutete dort eine Toilette. Dann blieb sein Blick an der alten Frau hängen, die neben dem Kamin in einem Schaukelstuhl saß und an einem langem, bunten Schal strickte.

„Hallo, ihr zwei", sagte sie ohne das Stricken einzustellen. Sie lächelte die beiden freundlich an, während die Nadeln klickend ihrer Arbeit nachgingen. „Ich habe schon sehr lange auf euch gewartet."

„Was…", stotterte Sandra, „…Sie haben auf uns gewartet? Aber wir kennen Sie überhaupt nicht."

Immer noch lächelnd antwortete die alte Frau: „Nun ja, ehrlich gesagt habe ich nicht direkt auf euch gewartet, sondern überhaupt auf irgendjemanden."

„Das verstehe ich nicht."

„Das wirst du sehr bald verstehen, junges Fräulein. Das verspreche ich … sehr bald", sagte die Frau, legte ihr Strickzeug zur Seite und erhob sich mühsam aus dem Stuhl. Ihr Lächeln wirkte nun nicht mehr freundlich, sondern zynisch. Sie kam um den Tisch herum auf die beiden zu und streckte ihnen eine verschrumpelte und ausgedörrte Hand entgegen.

„Ich bin Elizabeth", sagte sie.

„Sandra", sagte Sandra, schüttelte hastig die Hand und wich gleich darauf einen Schritt zurück. Marc, der bis dato keinen weiteren Ton herausgebracht und die Einrichtung des Raumes gemustert hatte, stellte sich ebenfalls vor.

„Ich bin wirklich froh euch zu sehen. Es ist sehr einsam hier; vor allem seitdem mein geliebter Mann verstorben ist. Ich verbringe viel Zeit mit Stricken. Das bereitet mir nach all den Jahren immer noch Freude. Aber nun setzt euch doch, ihr braucht nicht zu stehen. Fühlt euch wie zu Hause."

„Nein, danke", sagte Marc, „wir werden nicht lange bleiben. Wir sind nur durch Zufall hierher geraten."

„So?", sagte die Frau, während sie sich am Herd zu schaffen machte. Ihr Blick drückte jetzt etwas Mitleidiges aus, das er nicht einordnen konnte.

„Ich mache euch erst mal einen Tee. Dann muss ich für einen kleinen Moment verschwinden", sagte sie und schlurfte daraufhin zu der Tür mit dem Herz, hinter der sie ohne ein weiteres Wort verschwand.

Nachdem man hören konnte, wie von innen die Tür verriegelt wurde, schauten sich Marc und Sandra an. Marc zuckte mit den Achseln.

„Irgendwie ist das hier unheimlich. Der Raum wirkt von innen viel größer als von außen. Außerdem stinkt es hier fürchterlich", sagte Sandra.

„Kein Wunder", antwortete Marc, „hier gibt es ja nicht mal Fenster zum Lüften. Was ist das denn für ein Schildbürgerstreich? Haus ohne Fenster, mitten im Wald."

„Und es ist hier drinnen alles so alt, als stammt es aus dem 19. Jahrhundert. Es gibt keinen elektrischen Strom, nur Kerzen", bemerkte Sandra.

Marc bewegte sich durch den Raum, dann stutzte er. „Ich bin mir sicher, dass bei unserer Ankunft hier drinnen alles viel dreckiger war. Die Spinnenweben und der Staub sind verschwunden."

„Ja, das stimmt und das verdorrte Obst in der Schale sieht jetzt auch frischer aus."

Marc schritt um den Tisch herum zum Vorhang.

„Ich glaube, das hier ist eine Schlafbucht", sagte er zu Sandra.

Als er den Vorhang zur Seite schob, konnte er gerade noch einen Schrei unterdrücken. Benommen taumelte er Rückwärts. Sandra kam angerannt und blickte erschrocken auf das Skelett, das lang auf dem Bett lag. An ihm war kein einziger Fleischfetzen mehr vorhanden. Als hätte es jemand akribisch abgenagt.

„Das ist mein lieber Mann gewesen. Ist vor drei Monaten verstorben", sagte die alte Frau. Sie stand hinter ihnen an der Eingangstür. Beide fuhren erschrocken herum.

„Sie haben ihn umgebracht", sagte Sandra fassungslos.

Die Frau lächelte müde, als sie sagte: „Nicht ich habe ihn umgebracht, sondern das Haus. Das ewige Haus. Wisst ihr, ich bin seit fünfzehn Jahren hier drinnen gefangen und als ich es betreten habe, war ich sechsundzwanzig gewesen, nun sehe ich aus wie neunzig. Das Haus versorgt einen mit Lebensmitteln; man verhungert nicht. Dafür saugt es einem die Lebensenergie aus. Davon nährt es sich wie ein Vampir."

Marcs Mund stand sperrangelweit offen. Er verstand gar nichts.

„Nun, da ich Nachfolger gefunden habe, kann ich es endlich verlassen. Leider ohne meinen Mann. Es tut mir Leid für euch, aber es geht nicht anders. So will es das Haus. Lebt wohl…", sagte die Alte, öffnete die Tür und verschwand. „Warte", schrie Marc und stürmte ihr hinterher. Aber zu seinem Erstaunen war der Ausgang verschwunden. Es gab keine Tür mehr; nur stabile Bretter. Kurz darauf pfiff der Kessel auf dem Herd. Der Tee war fertig.

Die letzte Entscheidung

Harald spülte die große Portion Chips mit einem kräftigen Schluck Cola herunter, um sich im Anschluss das glänzende Fett genüsslich von den Wurstfingern zu lecken. Im Fernsehen lief eine der Talkshows, die er sich jeden Tag ansah.

Dann kam der Schmerz. Während sich der Klumpen die Speiseröhre hinunterquälte, schien seine Brust zu explodieren. Harald schrie und schloss die Augen, als könnte dies den Schmerz vertreiben. Als er sie wieder öffnete, blendete ihn helles Licht.

Harald zwinkerte und senkte den Blick. Das Licht wurde schwächer und dunkle Punkte tanzten vor seinen Augen. Die Punkte verblassten, während eine schrille Stimme kreischte: „Begrüßen wir unseren neuen Gast mit einem donnernden Applaus." Ohrenbetäubendes Johlen, Klatschen und Fußgetrampel erfüllte den Raum.

„Ja, so ist es richtig", jubilierte die Stimme. Harald, der sich mit den Fingern über die Augen gewischt hatte, blickte sich verwirrt um. Er sah dutzende graue Kabel, die auf der Erde lagen, Kameras auf mobilen Stativen, die von Leuten mit Kopfhörern bedient wurden und ein Publikum, das ihn erwartungsvoll anstarrte. Erst jetzt erkannte er, dass er sich in einem Fernsehstudio befand. Die Stimme gehörte zu dem Moderator, der ihm gegenüber an einem niedrigen Tischchen saß. Er trug Frack, Zylinder, weiße Handschuhe und lächelte Harald mit strahlend weißen Zähnen über seine Moderationskarten hinweg an.

„Harald, schön Sie bei uns zu haben. Wie geht es Ihnen?", fragte er.

„Wo zur Hölle bin ich?", stammelte Harald und schob seine 150 Kilo in dem unbequemen Stuhl zurecht. Sein kariertes Hemd war klatschnass geschwitzt. Dennoch gewann er langsam seine Fassung zurück. „Sie sind in der Sendung '*Die letzte Entscheidung*'", sagte der Moderator und das Publikum klatschte frenetisch.

„Was soll das…?", empörte sich Harald. Er schaute sich verdutzt um und entdeckte hinter dem Moderator eine große Leinwand, auf der er sich selbst auf dem Sofa liegen sah. Chips hatten sich auf seinem gewaltigen Bauch verteilt. Ein Arm hing schlapp herunter und eine Cola-Pfütze überschwemmte den Tisch.

„Wie Sie sehen, haben wir eine Liveschaltung in ihr Wohnzimmer", sagte der Moderator. Das Publikum verfiel wie auf Knopfdruck in ekstatischen Applaus. Haralds Gesichtsausdruck zerfloss zu einer entsetzlichen Grimasse.

„Wir suchen unsere Kandidaten gewählt aus. Sie müssen bestimmte Bedingungen erfüllen. Man könnte sagen, sie haben in ihrem Leben gewisse Charaktereigenschaften an den Tag gelegt, die sie berechtigen, bei uns teilzunehmen", erklärte der Moderator immer noch lächelnd.

„Ich verstehe nicht…", begann Harald, dann versagte ihm seine Stimme den Dienst. Er starrte mit offenem Mund zum Publikum, danach wieder kopfschüttelnd auf die Leinwand. Sein Körper auf dem Sofa hatte sich seitdem nicht bewegt.

Der Moderator griff unter den kleinen Tisch und holte zu Haralds Erstaunen eine rote Spardose hervor. Sie hatte die Form eines Pferdes, das den Geldschlitz auf dem Rücken trug. Er stellte es vor sich ab. Harald schluckte, sein Kiefer klappte nach unten.

„Ah, ich sehe, Sie erkennen es wieder. Es ist schon etwas her, fünfunddreißig Jahre, um genau zu sein. Wissen Sie, wem die gehörte?", fragte der Moderator.

„Meiner Schwester", antwortete Harald mit bebender Stimme.

„Richtig", brüllte der Moderator und das Publikum klatschte. In Haralds Ohren klang es wie Donner und er zuckte zusammen. Der Mann im Frack öffnete seine rechte Hand, in der nun eine silberne Münze lag und steckte sie in den Schlitz auf dem Pferderücken, wo sie klimpernd verschwand.

„Für jede richtige Antwort eine Münze", sagte der Moderator und zeigte auf die Spardose. Dann stellte er eine zweite auf den Tisch. Es war ein Totenschädel mit einem Schlitz auf dem Kopf. Dem Grinsen fehlten einige Zähne.

„Für jede Falsche eine Münze in den Schädel. Mal sehen, wieviel wir zusammen bekommen. Die nächste Frage lautet: Wie oft haben Sie aus dieser Spardose gestohlen?"

„Ich habe sie überhaupt nicht bestohlen", sagte Harald empört.

„Das ist leider gelogen. Die richtige Antwort wäre gewesen: Zweiundzwanzig Mal. Also eine Münze in den Schädel. Das Gemeine daran war, dass Ihre Schwester für das fehlende Geld ständig von ihrer Mutter verprügelt wurde. Was Sie gefreut hat. Also, noch eine Münze in den Schädel. Die nächste Frage: Wie haben Sie die Nachbarskatze umgebracht?"

Harald fuhr aus seinem Stuhl hoch. „Ich habe sie nicht umgebracht. Das ist ja unerhört. Was ist das denn hier für ein Scheiß?"

Der Moderator lächelte milde. „Das ist falsch. Sie hatten damals Giftköder in der Siedlung verteilt. Daran ist ebenfalls ein streunender Hund qualvoll verendet. An seinem eigenen Blut erstickt."

Kling, kling. Zwei Münzen in den Schädel. „Das können Sie doch nicht ...", sagte Harald und verstummte als zwei Personen ins Bild auf die Leinwand traten. Das Bild ruckte, als hätte es eine Störung, doch kurz darauf war es wieder klar und Harald erkannte seine Frau und seine nun sechzehnjährige Tochter, die seinen reglosen Körper anschauten. Seine Frau fühlte am Hals nach dem Puls und begann tonlos zu schreien. Sie sagte etwas zu ihrer Tochter, die daraufhin mit einstimmte. Die ältere Frau begann auf den Brustkorb zu drücken, dann schlug sie auf ihn ein.

„Mein Gott, bin ich etwa tot?", fragte Harald. „Mausetot", sagte der Moderator grinsend. „Mausetot", echote das Publikum. Harald starrte wieder die Leinwand an. Er hatte bis eben noch geglaubt, seine Familie würde um ihn weinen und seine Frau würde versuchen ihn wiederzubeleben. Doch jetzt sah er, dass sie lachten und wie von Sinnen auf ihn einprügelten. Sie zerrten ihn am Arm vom Sofa, schütteten Chips über ihn aus und kippten die restliche Cola in sein Gesicht. Dann klatschten sie sich lachend ab und lagen sich in den Armen. Der Moderator schaute wieder auf seine Kärtchen.

„Frage Nummer drei: Wie alt war Ihre Tochter, als Sie sie zum ersten Mal vergewaltigt haben?"

„Was...?", stammelte Harald. Rote, hektische Flecken bildeten sich auf seinen aufgedunsenen Wangen. Seine Unterlippe bebte.

„Gar nicht", brüllte er. „Ihr seid ja vollkommen wahnsinnig. Ich mache diesen Scheiß nicht mehr länger mit. Wer seid Ihr Typen überhaupt?"

„Es war der sechste Geburtstag Ihrer Tochter. Bis heute haben Sie es hundertzwölf Mal getan, Harald. Ihre Frau haben Sie mit Zigaretten gequält und gezwungen, sich die Vergewaltigungen anzuschauen. Sie haben sich das hier redlich verdient", sagte der Moderator monoton und zupfte an seinem Zylinder. Wieder verschwanden zwei Münzen im Schädel. Harald starrte immer noch auf die Leinwand. Langsam sackte er in seinem Stuhl zusammen.

„Gebt ihm seinen Preis", brüllte jemand aus dem Publikum. „Ja genau, er soll seinen Preis bekommen", schrie ein anderer und weitere stimmten mit ein. Der Moderator hob beschwichtigend die Hände. „So soll es sein". Er stand auf, nahm Harald an die Hand und zog ihn aus dem Stuhl. Stehend überragte der Moderator ihn um eine Kopflänge. „Kommen Sie", sagte er und führte ihn vom Tisch zu einem roten Vorhang. „Wohin gehen wir?", fragte Harald, der seine Familie auf der Leinwand durch die Stube tanzen sah. Er stand nun kurz vor einem Nervenzusammenbruch. „Zur letzten Entscheidung", sagte der Moderator. Das Publikum jubelte wieder. Der Vorhang wurde aufgezogen. Dahinter befanden sich drei Tore, davor eine altertümliche Waage.

Der Moderator legte die Pferdespardose auf die eine Seite der Waage, den Totenschädel auf die andere. In der Mitte der Waage gab es einen Pfeil, der sich zur schwereren Seite hin mitdrehte. Hinter dem Pfeil waren die Zahlen eins, zwei und drei in einem Halbkreis angeordnet. Die Waage pendelte hin und her, als könnte sie sich nicht entscheiden, dann sackte der Schädel und der Pfeil verharrte vor der drei. „Die Waage hat entschieden", sprach der Moderator. „Tor Nummer drei."

Harald starrte auf das Tor. „Was befindet sich dahinter?"

„Ihre Zukunft, Harald. All das, was Sie sich durch ihre Taten erarbeitet haben, wird sich dort manifestieren", sagte der Moderator und trat einen Schritt zurück. Harald hielt das Ohr an das kupferfarbene Metall und lauschte. Dann glitt das Tor auf. In der Dunkelheit dahinter hörte er ein grässliches Schmatzen. Kurz darauf sah er einen gewaltigen Umriss und er schrie. Der Schrei endete in einem schrillen Jaulen und er wollte zurückweichen. Doch es war zu spät. Eine glitschige Tentakel schnellte heraus, umschlang seinen Hals und zerrte ihn zappelnd hinein. Harald verspürte ein wahnsinniges Brennen, als die Saugnäpfe begannen, zuerst seine Klamotten, dann seine Haut vom Körper zu zerren. Schmerzen für eine grausame Ewigkeit. Dann glitt das Tor wieder zu. Das Publikum brüllte vor Freude.

„Am Ende bekommt jeder seinen Preis. So ist es immer", sagte der Moderator zwinkernd in eine Kamera. „Also Leute, begrüßen wir doch gleich den Nächsten, unsere Liste ist noch sehr, sehr lang".

Die Babysitterin

Als sich Mona auf die Zeitungsannonce gemeldet hatte, war ihr die Frau am Telefon sehr nett erschienen. Sie hatte ihr zwanzig Euro die Stunde versprochen, um auf ihre Tochter aufzupassen.

Mona war überrascht und erfreut zugleich gewesen, denn das Geld konnte sie gerade gut gebrauchen. Und fünf Stunden auf ein zehnjähriges Mädchen aufzupassen, konnte nun wirklich nicht besonders schwer sein.

Nun stand sie vor der Adresse und betrachtete das riesige Haus, das zwischen mächtigen Ahornbäumen und Rotbuchen in den abendlichen Herbsthimmel aufragte. Ein dunkel gebrannter Klinker und tiefschwarze, mit Moos bewachsene Dachpfannen ließen es wie einen dreidimensionalen Schatten wirken, der sich verstohlen hinter den Bäumen versteckte.

Sie drückte das schmiedeeiserne Tor zur Seite, das altersschwach in seinen Scharnieren ächzte, betrat den schmalen Gang, der durch einen ungepflegten Vorgarten zur Haustür führte und suchte die Klingel. Es gab keine, stattdessen befand sich auf dem Eichenholz, aus dem die Tür bestand, ein Eisenknauf in Tropfenform. Mona hob ihn an und ließ ihn zwei- dreimal gegen das Türblatt donnern.

Zuerst passierte gar nichts und sie wäre beinahe wieder gegangen, denn das Ganze hier war ihr doch sehr unheimlich. Dann hörte sie, wie sich jemand auf der anderen Seite der schweren Tür zu schaffen machte und sie schließlich aufzog. Zu Monas Überraschung stand vor ihr ein kleines Mädchen.

„Hallo", sagte Mona nachdem sie ihre Verwunderung überwunden hatte.

„Hallo", antwortete das kleine Mädchen und zog lächelnd die Tür ein Stück weiter auf. „Komm doch herein".

Mona schob sich an dem Mädchen vorbei in den dunklen Flur hinein. Vor einer großen Treppe, die offenkundig in den ersten Stock führte, blieb sie stehen und blickte sich erstaunt um.

„Meine Güte, ihr habt ja ein riesiges Haus", sagte Mona, während sie sich mehrmals um die eigene Achse drehte. „Mit wie vielen Leuten wohnt ihr denn hier?"

Das Mädchen kam heran und blinzelte zu ihr empor. Sie trug lange rote Zöpfe, die ihr bis zur Hüfte reichten. Dazu hatte sie ein blaues Kleid an. Um ihre Nase herum glühten helle Sommersprossen.

„Och, wir sind viele", antwortete das Mädchen.

„Und wo sind deine Eltern?", fragte Mona, die sich darüber wunderte, von einem Kind empfangen worden zu sein.

„Die sind schon ausgegangen."

„Was? Bin ich etwa zu spät?", fragte Mona, die reflexartig auf ihre Armbanduhr schaute.

„Nein, keineswegs. Meine Eltern sind heute nur etwas früher gegangen. Ich bin Lara. Und wir beide werden heute zusammen spielen", sagte das Mädchen und hüpfte singend davon, ohne Mona die Chance zu geben, sich selbst vorzustellen.

Mona blickte ihr erstaunt nach, dann folgte sie dem Kind in die Küche.

„Möchtest du auch etwas essen?", fragte die Kleine, doch Mona lehnte dankend ab. Sie rang immer noch mit dem Gedanken, dass die Eltern vor ihrer Ankunft schon das Haus verlassen haben. So etwas hatte sie in ihrer dreijährigen Karriere als Babysitterin noch nicht erlebt.

„Dort drüben ist mein Puppenzimmer. Dort möchte ich mit dir später spielen. Hast du dazu Lust?", fragte das Mädchen.

„Wenn du das möchtest, spiele ich mit dir zusammen mit deinen Puppen. Wir machen das, was du gerne möchtest."

„Das hört sich gut an", sagte Lara und verschlang hungrig das Sandwich, das sie sich während des Gesprächs zubereitet hatte. Dann blickte sie aus dem Fenster.

„Da ist er wieder", sagte sie und deutete mit dem Finger auf eine dunkle Silhouette, die sich am Eingangstor aufhielt. Kurz darauf verschmolz sie mit der Dunkelheit.

„Wer war das?", fragte Mona. Lara ging zum Fenster und blickte grimmig hinaus. „Das ist irgendein Typ, der schon seit Wochen unser Haus beobachtet. Ich glaube, der will hier einbrechen. Gut, dass du hier bist, Mona, dann kannst du mich beschützen."

„Das werde ich. Du brauchst keine Angst zu haben", sagte Mona und fragte sich, woher das Mädchen wusste, wie sie hieß. Vielleicht hatte ihre Mutter sie informiert; immerhin hatten sie miteinander telefoniert.

„Worüber denkst du nach?", fragte das Mädchen und blickte sie mit zusammengezogenen Augenbrauen an. Eine Geste, die für ein Mädchen in ihrem Alter ungewöhnlich wirkte.

„Nichts weiter", log Mona. „Ich dachte, wir wollten mit den Puppen spielen?"

„Später. Erstmal zeige ich dir unser Haus. Komm mit."

Mona war einverstanden. Lara nahm sie an die Hand und führte sie durch die Räume. Das Haus wirkte faszinierend. Es erinnerte Mona an ein altes Schloss, das sie früher einmal mit ihren Eltern besichtigt hatte. An den Wänden hingen alte Ölgemälde, auf denen hauptsächlich Gesichter und einsame Landschaften abgebildet waren. Die Räume waren ausnahmslos dunkel gehalten. Die Böden bedeckten wuschelige Teppiche und die Decken waren mit Holz verkleidet. Vor den Fenstern hingen schwere Vorhänge, die bis zum Boden reichten und die selbst am Tage nur wenig Licht hereinlassen würden.

Während sie sich im ersten Stock aufhielten, hörten sie im Erdgeschoss ein leises Klirren.

„Was war das?", fragte Mona, die stehen geblieben war um zu lauschen.

„Ich glaube, jetzt ist es soweit", sagte das Mädchen. „Jetzt ist er eingebrochen."

„Wer? Der Typ von vorhin? Der euch die ganze Zeit über beobachtet?"

Lara antwortete nicht, sie begann auf Zehenspitzen die Treppe hinabzusteigen. Nach wenigen Stufen winkte sie Mona ihr zu folgen.

Am unteren Ende angekommen, blickten sich die beiden vorsichtig im Flur um. Es war düster; wenige Wandlampen mit grünen Schirmen warfen ein schwaches Licht, das die Inneneinrichtung schattenhaft erschienen ließ. In dem Haus herrschte eine unerträglich Stille.

„Ich glaube, das Geräusch kam aus dem Gästezimmer", flüsterte Lara. Mona nickte, ihr Herz klopfte bis zum Hals.

„Wir sollten die Polizei rufen", sagte Mona. Doch Lara schüttelte nur den Kopf, sodass ihre Zöpfe hin- und herflatterten. „Unser Telefon ist kaputt. Komm mit, wir sehen nach, was dadrin passiert ist", sagte Lara leise und schlich über den Flur zum Gästezimmer. Mona folgte ihr widerwillig. Sie fragte sich, warum das Telefon kaputt war, wenn sie erst vor einigen Stunden mit Laras Mutter telefoniert hatte.

Das Mädchen öffnete vorsichtig die Zimmertür. Es schien keine Angst zu haben, als es den Raum betrat. In der hintersten Ecke sahen sie einen dunkel gekleideten Mann kauern. Er hatte sich am zerbrochenen Fenster, durch das er eingestiegen war, geschnitten und war damit beschäftigt, die Blutung an seiner Hand zu stoppen.

„Was machen Sie hier", kreischte Lara, dann stürmte sie zu dem Fremden. Als er sich umdrehte, sah Mona, dass er schon ordentlich Blut verloren hatte. Er starrte sie kreidebleich an. Dann sah Mona, wie er mit der gesunden Hand ein Messer hob. Mona reagierte sofort. Sie stürmte vorwärts, zog das Mädchen zurück und stürzte sich auf den Fremden.

„Bitte … sie müssen es stoppen", keuchte der Fremde.

„Was stoppen? Ihre Blutung?"

„Nein, das Mäd…", sagte der Mann, doch im selben Augenblick verspürte sie einen Schlag auf den Kopf. Dann gingen die Lichter aus.

Als Mona mit dröhnenden Kopfschmerzen aufwachte, befand sie sich an einen Stuhl gefesselt im Puppenzimmer.

Der Fremde saß ihr an dem Tisch, ebenfalls gefesselt gegenüber. Sein Kopf war an die Rückenlehne fixiert. Die Augen hatte er weit aufgerissen.

Als sie sich umschaute saßen noch weitere Personen an dem Tisch. Es waren Leichen, die sich in unterschiedlichen Stadien der Verwesung befanden. Vor ihnen: Teller, Besteck und Gläser. Daneben standen Gefäße, die mit Körperteilen gefüllt waren: eines mit Augen, eines mit Zungen und eines mit einem Inhalt, den Mona glücklicherweise nicht erkennen konnte.

„Ich finde es schön, dass du auch mit mir und meinen Puppen spielen möchtest, Mona. Aber erst spiele ich mit ihm", sagte das Mädchen mit der Stimme, die Mona am Telefon gehört und sie irrtümlich für die Stimme der Mutter gehalten hatte. Und als sich das Kind mit einem Löffel den Augen des Fremden näherte, begannen er und Mona gleichzeitig zu schreien.

Der Besuch

Als Peter verkatert die Augen aufschlug, schien die Sonne in breiten Streifen durch die nicht gänzlich geschlossenen Rollos und blendete ihn. Mit zusammengekniffenen Lidern drehte er sich ein letztes Mal im Bett um und musterte die leere Matratze neben ihm. Dann betrachtete er das Foto seiner Freundin auf dem Nachtisch. Die Uhr daneben zeigte 11.32 Uhr an. Er hatte heute frei, Carolin nicht.

Peter stieg aus dem Bett und zog sich aus, um zu duschen. Gerade als er sich die Unterhose vom Hintern streifen wollte, erstarrte er. Irgendwas klapperte im Erdgeschoss. Da Carolin zur Arbeit war, befand sich neben ihm niemand mehr im Haus. War sie doch nicht ins Büro gefahren?

„Carolin, bist du das?", rief er ins Erdgeschoss. Es klapperte erneut. Peter runzelte die Stirn und zog sich rasch wieder an. Verwirrt betrat er den oberen Flur.

Das Klappern, das nun eindeutig aus der Küche kam, wurde lauter und hektischer. Peter rief nochmals den Namen seiner Freundin und bekam wieder keine Antwort. Er strich sich über das stoppelige Kinn und dachte angestrengt nach. Wenn Carolin dort unten war, hätte sie ihm garantiert geantwortet. Mit einem großen Fragezeichen hinter der Stirn stieg er langsam die Treppe hinab.

Nachdem er die Hälfte überwunden hatte, begann im Erdgeschoss eine Stimme klar und hoch zu singen. Es war eine Frauenstimme und es war definitiv nicht Carolin. Trotzdem glaubte Peter die Stimme zu kennen. Auf der untersten Stufe stehend, bekam er eine Gänsehaut, denn nun war er sich ganz sicher, zu wem die fröhliche Stimme gehörte, die Yellow Submarine von den Beatles trällerte. Es war die

Stimme seiner Mutter. Doch das war unmöglich, denn sie war seit neun Jahren tot.

Peter löste sich von der Treppe und durchschritt mit zittrigen Knien den Flur. Seine nackten Füße erzeugten schmatzende Geräusche auf den hellen Fliesen und hinterließen schwache, feuchte Abdrücke, die wie ruhelose Geister schnell wieder verschwanden. Irgendwo draußen im Garten zwitscherte aufgeregt ein Vogel.

Die Küchentür war nur angelehnt. Während er die Klinke in die Hand nahm, verstummte die Stimme dahinter. Peter ließ die Klinke wieder los und schlich zur Garderobe. Dort nahm er einen großen Regenschirm aus dem Ständer. Er wollte nicht völlig unbewaffnet die Küche betreten. Wer auch immer sich darin aufhielt, gehörte dort nicht hin und das würde Peter dieser Person, auch wenn sie sich wie seine verstorbene Mutter anhörte, spüren lassen.

Kurz überlegte er die Tür ruckartig aufzureißen und brüllend hineinzustürmen, doch dann besann er sich und zog sie vorsichtig auf. Als er daraufhin, den von der Sonne durchfluteten Raum betrat, stockte ihm beim Anblick der Person, die ihm vom Küchentisch aus den Rücken zuwandte, der Atem.

„Mama...", stotterte Peter und ließ den Schirm fallen. Die pummelige Frau mit dem grauen Dutt drehte sich zu ihm herum und lächelte.

„Hallo. Das Mittagessen ist gerade fertig, Kuddel", sagte sie so freundlich, als würde sie mit der Sonne um die Wette strahlen. *Kuddel ...*, so hatte sie ihn immer als Kind genannt. Das war vor vierzig Jahren.

„Setz dich, es gibt Königsberger Klopse. Dein Leibgericht."

Peter starrte ungläubig auf das Essen, das dampfend auf dem Tisch stand. Die Frau, die wie seine tote Mutter aussah, es aber nicht sein konnte, hatte für drei Personen gedeckt. Sie setzte sich und begann Klopse auf die Teller zu verteilen.

„Für wen ist der dritte? Für Carolin?", fragte Peter misstrauisch und blickte sich besorgt um. Die Frau runzelte die Stirn und musterte ihn entgeistert.

„Na, für wen wohl? Für deinen Vater natürlich. Ist diese Carolin eine Freundin von dir?", hakte die Frau nach, während sie Mineralwasser in ein Glas schenkte. Peter, der nicht glauben konnte, dass er sich mit seiner toten Mutter unterhielt, versagten die Beine. Sie verwandelten sich augenblicklich in Wackelpudding und er plumpste kraftlos auf den Stuhl, neben dem er bis eben gestanden hatte.

Sein Vater und seine Mutter waren beide in diesem Haus gestorben. Und Peter hatte nie an Geister geglaubt, die ruhelos durch den Ort ihres Ablebens spukten. Das war in seinen Augen Aberglaube. Trotzdem behaupteten manche Leute, dass genau das passieren konnte. Nämlich dann, wenn die Seelen der Verstorbenen nicht ins Licht fanden. War genau das hier geschehen? Hatte sie nicht ins Licht gefunden? Peter glaubte seinen Verstand zu verlieren. Er blickte durch das Fenster nach draußen und sah dort Autos am Haus vorbeifahren. Das beruhigte ihn … zumindest etwas.

„Was ist denn? Hast du keinen Hunger?", fragte die Frau mit ihrer unerschütterlich freundlichen Art. „Oder wartest du auf deinen Vater? Das brauchst du nicht, der kommt bald … ah da ist er ja schon. Pünktlich auf die Minute", sagte sie und schielte dabei kurz auf ihre Armbanduhr.

Peter blickte überrascht zur Küchentür und sprang vom Stuhl auf, als hätte ihn eine Maus in die Wade gezwickt. Sein Vater betrat die Küche und nahm seinen Hut ab, der zu Lebzeiten sein ständiger Begleiter gewesen war. Er trat an den Tisch, lehnte seine Aktentasche an ein Stuhlbein und schaute Peter sanftmütig an.

„Hallo, mein Sohn", brummte er mit seiner sonoren Stimme, die Peter immer so geliebt hatte, weil sie zugleich autoritär und liebevoll geklungen hatte. Das Blau in seinen Augen war von solcher Klarheit und Tiefe, wie vor seiner schweren Krankheit, an der er schließlich nach langem Kampf verstorben war.

„Setz dich bitte. Deine Mutter und ich müssen mit dir reden."

Peter zitterte mittlerweile am ganzen Körper. Seine Unterlippe bebte und er raufte sich die Haare. Dabei blickte er aus dem Fenster, in der Hoffnung draußen Hilfe zu finden. Und tatsächlich kam in diesem Augenblick Carolin von ihrem Halbtagsjob aus dem Büro zurück. Sie federte mit wehender Bluse die Stufen zur Haustür empor und schloss auf.

„Ok, ihr zwei. Vielleicht seid ihr nur Halluzinationen, obwohl der Essensgeruch verdammt real ist, aber ich werde mich jetzt von euch verabschieden müssen", sagte Peter und stürmte an seinem Vater vorbei zur Tür. Der versuchte ihn vergeblich aufzuhalten.

„Warte, wir müssen dir etwas sagen. Bitte …", sagte er und sah dabei seine Frau flehend an. Peter befand sich schon auf dem Flur und blickte sich suchend um, dann hörte er den Schrei. Es war Carolin, die sich im Obergeschoss befand und wie von Sinnen kreischte. Peter sprintete die

Treppe hinauf. Oben angekommen rannte er ins Schlafzimmer und konnte nicht glauben, was er dort sah. Denn es war unmöglich, aber das hatte er heute schon einmal gedacht.

Carolin kniete neben seinem Bett, in dem Peter immer noch lag. Er hatte Augen und Mund geöffnet und starrte stumm zur Decke. Carolin zog ihr Handy aus der Tasche und stürmte, ohne Peter eines Blickes zu würdigen, an ihm vorbei die Treppe hinunter. Entsetzen hatte ihr hübsches Gesicht entstellt.

Peter schlurfte langsam zum Bett und betrachtete voller Verzweiflung sein lebloses Ebenbild. Irgendwo weit entfernt, bekam er beiläufig mit, wie Carolin den Notarzt rief. Jemand legte eine Hand auf seine Schulter. Peter drehte sich um und blickte in das mitfühlende Gesicht seines Vaters.

„Wir wollten es dir die ganze Zeit erzählen. Es tut mir leid, dass du es so erfahren musstest, wir haben es vermasselt."

„Bin ich etwa tot?", fragte Peter völlig fassungslos. Sein Vater lächelte.

„Ja, mein Sohn. Aber du brauchst dich nicht zu fürchten, denn jedes Ende hat auch einen neuen Anfang", sagte er und nahm Peter nach vielen Jahren wieder in die Arme.

Fliegen

„Es wird Ihrem Mann sehr viel Freude bereiten. Sie werden schon sehen", sagte die alte Zigeunerin. Sie grinste und entblößte ein Gebiss, in dem sich mehr Lücken als Zähne befanden. Wilma nickte zufrieden, nahm das Paket aber mit einem mulmigen Gefühl im Magen entgegen. Sie war sich nicht sicher das Richtige zu tun.

„Glauben Sie mir, dieses Geschenk wird ihn umhauen. Es ist genau das, was Sie sich vorstellen", lispelte die verschrumpelte kleine Frau mit den langen Ohrringen. Wilma drückte das Paket an ihren Busen und versuchte zu lächeln. Ein kläglicher Versuch.

„Und noch etwas", fügte die Alte hinzu. „Sie sollten, wenn Sie Ihrem Ehemann das Geschenk überreicht haben, ein Fenster im Haus öffnen und im Anschluss einen ausgedehnten Spaziergang machen."

Wilma wollte fragen, warum sie das tun sollte, verkniff es sich aber. Sie wollte nur noch raus aus diesem finsteren Loch, in dem man alles bekam, was man eigentlich nicht bekommen durfte.

Ihre Freundin hatte ihr von diesem Laden, der sich im Keller unter einem schäbigen Restaurant befand, begeistert berichtet. Als sie die Adresse gehört hatte, wusste Wilma, dass es sich nicht im besten Viertel der Stadt befand, ganz im Gegenteil. Aber sie hatte Wilma überzeugt, hier genau das richtige für ihr Problem zu finden.

Nun verließ sie den Laden mit gemischten Gefühlen und machte sich mit dem Bus auf den Weg nach Hause.

Als sie die Haustür aufschloss, hörte sie den Fernseher mit voller Lautstärke wummern und hatte nichts anderes erwartet. Sie betrat die Stube und stellte das Paket auf den Tisch. Walter saß tief in seinem Sessel versunken und starrte mit von roten Äderchen durchzogenen, herabhängenden Wangen auf den Fernseher. Seine Augen waren, wie jedes Mal ab der Mittagszeit, blutunterlaufen. Ohne den Blick von dem dröhnenden Fernseher zu nehmen, sagte er mit leicht verwaschener Stimme: „Hast du das Mittagessen schon fertig? Ich rieche noch nichts."

Wilma, die noch mit ihrer Jacke in der Tür stand, bekam feuchte Hände.

„Nein, Essen ist noch nicht fertig. Dafür habe ich dir aber etwas mitgebracht."

Nun sah er zum ersten Mal zu ihr auf. Walter schob seine Brille ein Stück höher und musterte seine Frau mit einem vernichtenden Blick.

„Was sagst du? Kein Essen? Fang bloß nicht an, wie die Hure von Mutter, die du hast. Verstanden? Das könnte sich zu deinem Nachteil entwickeln", brummte Walter. Dann sah er das Paket auf dem Tisch.

„Was ist das?", fragte er misstrauisch.

„Das habe ich beim Einkaufen gesehen und sofort an dich gedacht", log Wilma.

„Und was ist drin?", fragte Walter.

„Mach es auf."

Beinahe hätte er ihr gesagt, dass sie nicht so frech sein solle. Doch er sparte sich die Spucke, das war sie nicht wert. Ohne ein weiteres Wort riss er das braune Papier ab. Zum Vorschein kam ein Sixpack Dosenbier.

„Die Schrift kenne ich nicht. Ist das eine ausländische Sorte?", fragte er. „Davon bekomme ich Sodbrennen. Die Penner können alle kein vernünftiges Bier brauen. Ich glaube, die wollen uns mit ihrer billigen Plörre vergiften."

„Ich weiß es nicht", antwortete Wilma wahrheitsgemäß, „probiere es doch einfach."

Walter musterte sie noch einen Augenblick skeptisch. Dann öffnete er eine Dose und trank einen Schluck.

„Kann man trinken", sagte er nickend und trank sie leer. Dann wischte er sich über den Mund und öffnete eine weitere.

„Ok", sagte Wilma und betrachtete ihren Mann, wie er sich gierig das Zeug reinschüttete. „Ich gehe dann mal Essen machen." Walter starrte mit der Dose in der Hand auf den dröhnenden Fernseher und winkte mit dem Arm ab. Wilma verließ die Stube, schlich leise die Treppe nach oben, öffnete im Badezimmer ein Fenster, schlich wieder nach unten und verließ unbemerkt das Haus.

Walter sah vom Fernseher zum Fenster und beobachtete nun die jungen Nachbarszwillinge, die gerade in ihren kurzen Kleidchen Seilsprangen. Er grinste schief und dachte darüber nach, was er so alles mit den beiden anstellen könnte. Dann surrte eine Fliege heran und krabbelte über den Bildschirm des Fernsehers. Walter war irritiert. Er hatte nicht bemerkt, wo sie so schnell hergekommen war. Doch dann sah er eine weitere aus der leergetrunkenen Bierdose summen. Sie krabbelte auf dem oberen Rand herum. Es war ein dicker, grünlich schimmernder Brummer, der innehielt und ihn zu betrachten schien.

Walter war entsetzt. Er griff sich die Fernsehzeitung, rollte sie zusammen, peilte mit zusammengekniffenen Augen und schlug nach dem Brummer. Er verfehlte ihn und fegte stattdessen die Bierdose vom Tisch.

Die dicke Fliege brummte träge davon und setzte sich zu ihrer Artgenossin auf das Fernseherbild. Dort krabbelte sie dem Moderator einer Spielshow über das Gesicht. Das war Walter zu viel. Wütend sprang er auf, stapfte zum Schrank, kramte dort in einer Schublade herum und kam mit einer Fliegenklatsche zurück.

„So ihr Biester", sagte er. „Ich weiß zwar nicht, wo ihr so schnell hergekommen seid, aber ich werde euch genauso schnell in die Hölle schicken."

Vorsichtig schlich er zum Fernseher. Als er dicht genug war, holte er mit der Klatsche aus und schlug zu. Die Fliegen verfehlte er wieder. Doch als die Fliegenklatsche auf den Bildschirm patschte, ging er aus. Abrupt wurde es still im Wohnzimmer. Man hörte nur noch das Gelächter der seilspringenden Kinder und das konstante Brummen der Fliegen. Ein Geräusch, das Walter aggressiv machte.

Sie krabbelten nun auf dem Tisch herum als wären sie die Chefs und als er sich ihnen mit wutverzerrtem Gesicht näherte, sah er aus den Augenwinkeln, wie eine weitere Fliege aus der Dose kam. Und dann noch eine und noch eine und noch eine. Sie schwebten träge brummend empor und landeten alle auf dem Tisch.

Walter wollte den Mund öffnen und etwas sagen, aber dann sah er wie eine besonders fette aus seinem gerade geöffneten Bier krabbelte. Gefolgt von weiteren Artgenossen. Das konnte doch nicht sein. Plötzlich hatte er einen ekligen Geschmack im Mund und ihm wurde übel.

Weitere Fliegen traten aus der frisch geöffneten Dose heraus und gesellten sich zu den anderen. Sie bildeten eine lange Reihe.

„Das gibt es doch nicht", stotterte er. Dann spürte er das Kribbeln in seinem Bauch. Es wanderte höher, durch seinen Hals in den Mund. Und als er ihn öffnete, konnte er kaum glauben, als eine grünliche Fliege herausflog und gemütlich durch die Luft zu den anderen schwebte.

Dann kribbelt es erneut und Walter schrie. In diesem Augenblick sprang der Fernseher wieder an, auf volle Lautstärke, wie um sein Schreien zu übertönen.

Walter fasste sich an den Hals, konnte jedoch nicht verhindern, dass weitere Fliegen aus seinem zum Schrei geöffneten Mund krochen.

Walter brüllte nach seiner Frau. Er sprang dabei wild durch das Zimmer und riss die Stehlampe um. Nun sah er aus wie die hüpfenden Mädchen auf dem Bürgersteig.

Als er auf dem linken Ohr taub wurde, riss er sich am Ohrläppchen, bis es blutete. Dann schwirrten drei Fliegen aus seiner Gehörmuschel und wanderten in seine Haare. Walter schlug sich mit voller Wucht auf das Ohr, doch es blieb taub.

Er riss die Tür auf und stürmte in den Flur. Die in einer Reihe lauernden Fliegen erhoben sich zeitgleich vom Tisch und folgten ihm als Schwarm.

Walter erstürmte die steile Holztreppe und stürzte auf der Hälfte. Das Schreien verebbte in ein hilfloses Wimmern, als der Schwarm sich auf ihm niederließ.

Walter kroch auf allen Vieren weiter empor und erreichte mit letzter Kraft den oberen Flur. Er zog sich am Geländer hoch und stolperte mit einer um sich wedelnden Hand Richtung Badezimmer. Er wollte nach Wilma rufen, doch sein Mund war mittlerweile voll von Fliegen, die über seine Zunge und Zähne krabbelten. Im Badezimmer sah er seine letzte Hoffnung.

Mit einer dunklen Fliegentraube um seinen Kopf und schwer taumelnd riss er die Tür auf, schleppte sich zur Wanne und ergriff die Duschbrause, die in einem verchromten Halter an der Wand hing. Doch bevor er sie anstellen konnte, um die Biester von seinem Körper zu spülen, bemerkte er einen schmerzenden Druck hinter seinem linken Auge. Kurz darauf plumpste es blutend in die Badewanne und rollte wie eine Murmel in ihr herum. Aus dem neuen Loch in seinem Kopf drängelten mehrere Fliegen, dann fiel das andere Auge. Walter schrie ein letztes Mal. Aus seinem Rachen trat dabei ein ganzer Schwarm aus und machte sich über die Augen her. Dann polterte Walter kopfüber in die Wanne.

Als Wilma eine Stunde später die Haustür öffnete, lief der Fernseher immer noch. Sie stellte ihn ab und sah kurz aus dem Fenster. Die Mädchen waren verschwunden.

Sie ging nach oben ins Bad und betrachtete die Wanne, in der sie nur noch einige Kleidungsstücke ihres Mannes fand. Er selber war komplett verschwunden. Ihre Freundin hatte recht gehabt - mit dem Geschenk würden sich ihre Probleme einfach auflösen. Sie schaute aus dem Fenster und betrachtete die Wolken am Himmel. Dann schloss sie es lächelnd.

Puppenjunge

Nico saß auf der Bettkannte und blickte seinen Vater mit einem Schmollmund trotzig an. Sein Vater, der neben ihm saß, lächelte.

„Ich will aber nicht alleine bleiben. Ihr sollt nicht weggehen", wiederholte Nico energisch.

„Ich weiß", sagte sein Vater und strich ihm über das strohblonde Haar. „Aber wir haben doch schon darüber gesprochen. Deine Mutter und ich haben die Theaterkarten geschenkt bekommen und wenn wir heute nicht hingehen, verfallen sie. Außerdem passen Kasi und sein Kumpel, der heute hier übernachtet, auf dich auf."

„Kasi ist nur mein Halbbruder und sein Kumpel ein Arschloch. Die werden mich bloß ärgern. Außerdem hat Kasimir noch meinen Ball mit der Unterschrift von Schweinsteiger. Den will ich zurück", erwiderte Nico und verschränkte seine Arme vor dem Oberkörper. Torsten betrachtete seinen Sohn einen Augenblick nachdenklich, dann sagte er: „Auch wenn Angelika nur deine Stiefmutter und Kasimir dein Stiefbruder ist, gehören sie trotzdem zu unserer Familie. Um den Ball kümmere ich mich morgen. So, und jetzt ist Schluss. Leg dich bitte ins Bett und versuch zu schlafen. Wir sind in vier Stunden zurück."

Er stand auf und wollte zur Tür gehen, als ihm noch etwas einfiel. „Deine Puppe Dodo ist ja auch noch da. Die wird dich schon vor den zwei großen Jungs beschützen." Sein Vater lächelte und beendete die Rede mit: „Gute Nacht."

Nico hörte, wie kurz darauf die Haustür ins Schloss gezogen wurde, nahm seine Puppe in die Arme und starrte wütend zur Decke. Es dauerte nicht lange, da wurde die Zimmertür geöffnet und ein schmales, mit Pickeln übersätes Gesicht schob sich durch die Tür.

„Oh, schau mal Poldi, hier liegt ja unser Puppenjunge. Ist er nicht niedlich, wie er daliegt – seine Puppe fest umklammert."

Die Tür wurde aufgestoßen und ein weiterer Junge, mit nicht weniger Pickeln und dazu noch langen, fettigen Haaren, stellte sich neben Nicos Bruder in den Türrahmen. „Tatsächlich", sagte er amüsiert. „Das ist ja das Popelgesicht mit seiner Mädchenpuppe." Nico fürchtete sich nicht vor den beiden, er schäumte vor Wut. „Wer ist hier ein Popelgesicht, du Streuselkuchen?"

Poldi klappte die Kinnlade herunter, er wollte auf das Bett zugehen, um Nico, der vier Jahre jünger war, zu packen, doch Kasi hielt ihn fest. „Was soll das?", fragte Poldi seinen Kumpel.

„Lass ihn, wir kümmern uns später darum. Na los, gehen wir wieder in mein Zimmer", antwortete Kasi. Doch bevor er ihn mit sich zog, hielt er noch kurz den Fußball, den er die ganze Zeit hinter seinem Rücken versteckt gehalten hatte, vor sich. „Und den hier bekommst du garantiert nicht wieder. Spiel lieber mit deiner Puppe."

Nico erwiderte nichts. Er sah zu, wie die beiden aus seinem Zimmer verschwanden, stand auf und setzte die Puppe auf einen niedrigen Drehstuhl. „Ok, dann gute Nacht. Und gib gut auf mich Acht, besonders wenn die zwei Idioten wieder kommen", sagte er und legte sich zurück ins Bett. Kurz darauf schlief er ein.

Fünfzehn Minuten später wurde die Tür leise geöffnet. Poldi schlich herein. Wütend starrte er zum schlafenden Nico, dann zur Puppe. Das helle Flurlicht fiel durch den Türspalt und ließ das weiße Keramikgesicht der Puppe glänzen. Himmelblaue Augen schienen ihn daraus mordlüstern anzufunkeln. Poldis Beine verwandelten sich augenblicklich in Gummi. So etwas hatte er noch nie gesehen.

„Was ist los?", fragte Kasi vom Flur aus. „Ich glaube die Puppe starrt mich an", flüsterte Poldi, ohne die in einem weißen Kleidchen steckende Puppe aus den Augen zu lassen. Seine Stimme schwankte dabei. Nach einer kurzen Pause fragte Kasi: „Bist du jetzt übergeschnappt? Mach hin, sonst wacht er auf."

„Ist ja schon gut", sagte Kasi und marschierte zu Dodo. Als er sich neben sie auf die Knie ließ, meinte er die Augen der Puppe hätten sich bewegt. Tatsächlich starrten sie ihn wieder an. Poldi war sogar überzeugt, dass sich ihr ganzer Kopf gedreht hatte. Hastig erledigte er seine Arbeit und verließ schleunigst das Zimmer.

Etwa zehn Minuten später wachte Nico auf. Er hatte geträumt jemand hockte in seinem Zimmer und unterhielte sich mit ihm. Und als er richtig wach war, hörte er tatsächlich eine Stimme. Eine merkwürdig blecherne Stimme, wie aus einem alten Radio.

„Nico", sagte sie, „Nico, wach auf. Du musst aufwachen … aufwachen … aufwachen."

Nico blinzelte verschlafen, dann schaltete er das Nachtlicht an. Verstört blickte er sich um.

„Wer ist da?", fragte er. „Ich bin es, Dodo, deine Puppe", sagte die blecherne Stimme. Nico riss die Augen auf und kroch verängstigt in die hinterste Ecke des Bettes.

„Was willst du?", fragte er die Puppe, die ihn vom Stuhl aus anblickte. Die Puppe schien tatsächlich einen kurzen Augenblick zu überlegen, dann sagte die blecherne Stimme: „Wir wollen, dass du dir eine Unterhose über den Kopf ziehst und auf allen Vieren, bellend wie ein Hund über den Flur kriechst."

Trotz seiner Angst, die er in dieser grotesken Situation verspürte, bemerkte er den Fehler und hörte wie eine zweite Stimme im Hintergrund fluchte. Nico stand auf, ging zur Puppe und erblickte das Handy, das Poldi unter das weiße Kleid gesteckt hatte. Außer sich vor Zorn brüllte er hinein: „Ihr blöden Arschgeigen. Das erzähle ich Papa."

Kasi kam ins Zimmer gestürmt und riss Nico das Handy aus den Fingern. „Das lässt du schön bleiben, Puppenjunge. Sonst kannst du dich auf etwas gefasst machen." Er schlug Nico mit der flachen Hand ins Gesicht, drohte ihm mit dem Zeigefinger und stapfte zurück auf den Flur. Nico stieg wieder ins Bett, zog die Decke bis zum Kinn und fing bitterlich an zu weinen. Was sollte er tun? Wenn er es seinem Vater erzählte, würde Kasi Ärger bekommen. Diesen Ärger würde er doppelt und dreifach an ihn zurückgeben. Er wusste keinen Rat und schlief kurz darauf erschöpft ein. So bemerkte er nicht, wie sich der Kopf der Puppe wie von Geisterhand drehte und die himmelblauen Augen in der Dunkelheit des Zimmers hasserfüllt zur Tür blickten.

Poldi und Kasi hatten in Kasis Zimmer das Licht gelöscht und blickten nun mit einem Fernglas durch das Fenster zum Haus auf der anderen Straßenseite hinüber. Dort stand die hübsche Nachbarin vor ihrem Kleiderschrank und zog sich um. Sie hatten sich jeder eine Dose Beck's aufgemacht und wechselten sich mit dem Fernglas ab.

„Hey komm, jetzt bin ich wieder dran", lallte Poldi. „Hör auf", erwiderte Kasi. „Du verschüttest das Bier." Beide zerrten an dem Fernglas und beschimpften sich, dann klappte die Tür. Der erste Gedanke der beiden war, dass Nico zu ihnen gekommen war, um sich zu beschweren. Doch als Kasi mit seiner Taschenlampe durch den Raum leuchtete, stand dort nicht Nico, sondern … die Puppe. Sie musterte die beiden vom Schlafsack aus, den Poldi auf eine Luftmatratze gelegt hatte, um auf dem Fußboden zu übernachten.

Sie blickten die Puppe an, dann sich gegenseitig … und begannen zu lachen.

„Das Popelgesicht glaubt, er kann uns Angst machen", grölte Poldi. Er kauerte sich auf den Fußboden und kroch auf allen Vieren zur Puppe. „Hallo, ihr Arschgeigen", sagte die Puppe plötzlich und Poldi hielt inne. Er begann erneut zu lachen. „Der Kleine will uns mit dem gleichen Trick ins Bockshorn jagen", prustete er. Kasi lachte jedoch nicht. „Er hat überhaupt kein Handy", sagte er mit bleichem Gesicht. Beide blickten die Puppe an. Die blickte starr zurück. Sie sagte mit einer schauerlichen Grabesstimme: „Es ist längst überfällig, dass ich euch Scheißern Manieren beibringe." Dann kam sie mit hölzernen kleinen Schritten auf die beiden zu gewankt. Der gellende Schrei der zwei, konnte Nico nicht aus seinem Schlaf wecken.

Zwei Stunden später kam sein Vater mit seiner Lebensgefährtin zurück. Sie lauschten an der Tür der großen Jungs, hinter der es verdächtig ruhig blieb. Dann blickten sie in Nicos Zimmer. Er schlief und die Puppe hockte auf ihrem Stuhl. Alles wie immer. Doch eines war merkwürdig: Es war der Fußball, der neben dem Bett lag. Den hätte Kasimir niemals freiwillig rausgerückt. Oder etwa doch?

Der Traum

„Danke", sagte Kerstin. Schweiß glitzerte auf ihrer Stirn und in ihren langen blonden Haaren, die sie sich zu einem Pferdeschwanz gebunden hatte, hingen Blätter, die sich beim Schneiden der Hecke darin verfangen hatten.

„Ohne Sie hätte ich das mal wieder nicht geschafft ... und deswegen habe ich da etwas", sagte Kerstin und marschierte über den Rasen zurück zum Haus. Kurz darauf kam sie mit einer Packung Merci zurück und reichte sie über die frisch geschnittene Hecke ihrem langjährigen Nachbarn.

„Es ist zwar nur eine Kleinigkeit, aber ich dachte, Sie würden sich darüber freuen. So oft, wie Sie mir schon geholfen haben ... ."

„Kein Problem, jederzeit wieder", sagte der alte Mann lächelnd. „Und danke für die Süßigkeiten."

Er war immer zuvorkommend und gut gelaunt. Seit dem Unfalltod ihrer Mutter vor sechs Monaten (ihr Vater war vor zwei Jahren an einem Herzinfarkt gestorben), hatte er sich rührend um sie gekümmert. Sie konnte sich auch heute noch immer auf ihn verlassen.

Als Kerstin am Abend früh zu Bett ging, fühlte sie sich völlig erschlagen. Arme und Rücken schmerzten von der körperlichen Arbeit, doch sie schlief schnell ein. Es dauerte nicht lange, dann kam der Traum, der alles verändern sollte.

Im Traum wurde Kerstin wach. Das Zimmer war hell erleuchtet, obwohl die Deckenbeleuchtung nicht angeschaltet war. Die Helligkeit schien von den Wänden her zu kommen. Neben ihrem Bett stand ein fremder Mann, der sie unter einem tief ins Gesicht gezogenen Mützenschirm stumm musterte. Er war völlig in Schwarz gekleidet.

Aus irgendeinem Grund fürchtete sie sich nicht vor ihm, denn eine freundliche Aura umgab ihn. Kerstin war so entspannt wie schon lange nicht mehr. Sie wollte dem Fremden in die Augen sehen, doch der Mützenschirm verhinderte es.

„Folge mir, ich zeige dir den Weg", sagte er mit dunkler Stimme und streckte eine Hand aus. Kerstin starrte sie an. Als sie dann die Decke zur Seite legte, trug sie schon ihre Kleidung, inklusive Jacke und Schuhe. Ohne zu fragen, wohin und warum sie ihm folgen sollte, tat sie es.

Der Fremde ging voraus. Sein langer schwarzer Mantel raschelte bei jedem seiner Schritte. Er verdeckte seine Beine, sodass man den Eindruck bekam, der Mann würde schweben.

Draußen vor dem Haus stand in völliger Dunkelheit eine blaue, alte Mercedes Limousine. Kerstin stieg hinten ein, während sich der geheimnisvolle Fremde hinter das Steuer klemmte. Sie fuhren durch eine Stadt, die in rabenschwarze Finsternis gehüllt war, einzig die Scheinwerfer des Wagens schnitten zwei helle Tunnel in die Nacht.

Nach wenigen Augenblicken verschwanden die Häuser und wichen den Silhouetten großer Bäume, die auf beiden Seiten den Wegesrand säumten. Irgendwann brach der Himmel auf und ein runder Mond schien so hell durch die Wolkendecke, als hätte Gott eine Taschenlampe angeknipst. Nachdem sie die Stadt verlassen hatten, brach der Mann endlich sein beharrliches Schweigen.

„Tief in deinem Inneren hast du immer gespürt, dass etwas nicht stimmt. Es war ein Gefühl wie eine kleine Flamme, die vor sich hin gebrannt hat, ohne jemals zu erlöschen. Tief im Dunkeln hat sie dich ständig an etwas erinnert. Sie wollte dir etwas sagen, doch du hast sie nicht verstanden. Du wusstest nur, dass sie existiert, nicht wofür ihre Existenz steht", sagte er und blickte dabei starr auf die vorbeirauschende Fahrbahn. Die Bäume waren nun ebenfalls gewichen und hatten schroffen Felsen Platz gemacht. Der Wagen befand sich nun auf einem steilen Weg, der an Serpentinen erinnerte. Der Weg führte über einen Berg.

Kerstin löste den Blick vom Fenster und betrachtete den Mann, dessen Gesicht im Schatten der Mütze verborgen lag.

„Das verstehe ich nicht. Was meinst du damit? Was für ein Licht in meiner Dunkelheit? Was soll nicht stimmen?", fragte sie.

Der Mann antwortete, ohne den Blick von der Straße abzuwenden.

„Manche Menschen wissen etwas, indem sie es spüren. Doch sie können nicht sagen, was es ist. Es macht sie nervös und unglücklich. Doch das kleine Licht bleibt ständig an."

Jetzt wand sich der Wagen einen schmalen, steilen Weg in ein Tal hinab, das sie rasch durchquerten, um dann wieder einen Berg zu erklimmen.

Kerstin blickte nach draußen und sah riesige, dunkle Vögel vor dem Mond kreisen. Ihre scharf geschnittenen Silhouetten schwebten majestätisch durch die Nacht.

„... und nun gehe deinen Weg!"

Als sie den Mann erneut nach dem Sinn seiner Worte fragen wollte, war er verschwunden. Der Fahrersitz war leer und der Wagen fuhr führerlos auf der Straße. Doch trotz der grotesken Situation verspürte Kerstin wieder keine Furcht. So verrückt es klang, sie vertraute dem Wagen.

Kurz darauf fuhren sie in eine Kurve, hinter der ein schwaches Licht auftauchte. Sie hielten darauf zu, dann stoppte das Fahrzeug vor einem einsamen Haus, in dessen Fenster eine Kerze brannte. Kerstin stieg aus dem Mercedes, der daraufhin langsam davonfuhr.

Sie trat an die Haustür und suchte nach einem Klingelschild. Doch es gab keines. Dann klopfte sie an die Tür aus dicken rohen Brettern. Und als sich die Tür wie von Geisterhand öffnete, betrat sie den Flur. Das Blockhaus war komplett aus dunklem Holz errichtet und als die Haustür wieder wie von Geisterhand zufiel, war es drinnen trotzdem nicht richtig dunkel. In einem der Zimmer flackerte ein schwaches Feuer.

Kerstin folgte dem hellen Schein und betrat durch eine offene Tür einen kleinen Raum. An einem hölzernen Tisch mit gestickter Decke saß eine Frau, die Kerstin über den Schein einer roten Kerze hinweg freundlich anlächelte. Die Frau winkte Kerstin zu sich heran.

„Hab keine Angst", sagte sie. Und als Kerstin die Stimme erkannte, fuhr ein eiskalter Schauer durch ihren Körper. Ihr gegenüber am Tisch saß ihre tote Mutter.

„Mama ...", stammelte sie. Ihre Mutter lächelte weiterhin.

„Setz dich zu mir, mein Schatz", sagte sie mit sanfter Stimme. Kerstin gehorchte.

„Ist das hier ein Traum?", fragte Kerstin.

„Ja und nein", antwortete die Frau. „Du schläfst zwar, aber du bist auf einer Reise in dein Innerstes aufgebrochen. Schatz, du befindest dich in deinem Unterbewusstsein."

Kerstins Augen wurden groß und ihre Hände begannen zu zittern. Die Frau ergriff sie über den Tisch hinweg und streichelte sie. Die kleine Kerze zwischen ihnen flackerte vergnügt und zauberte tanzende Schatten auf die Gesichter.

„Du bist hier um eine Antwort zu finden und ich werde sie dir geben."

Kerstin dachte kurz nach, dann sagte sie: „Du wurdest umgebracht, stimmt`s?"

Ihre Mutter nickte. „Es war kein normaler Autounfall, jemand hatte mich von der Straße gedrängt."

„Warum?"

„Ich wurde in der Garage vergewaltigt. Als er damit fertig war, konnte ich mich befreien und bin mit dem Wagen davongefahren. Ich wollte zur Polizei. Er hat mich verfolgt und von der Straße gegen einen Baum gedrängt. In meinem Tagebuch findest du Einträge über seine Belästigungen und Drohungen. Und auf meinen Sachen, die ich am Todestag trug, sind seine Spermaspuren. Ich weiß, dass du sie nicht gewaschen hast. Sie liegen als Erinnerung bei mir im Schrank, stimmt`s?" Kerstin nickte und ihre Mama lächelte.

„Aber wie wollen wir das mit dem Mord beweisen?"

„An meinem Wagen hatte man damals fremde Lackspuren sichergestellt. Man konnte sie aber nicht zuordnen und glaubte an einen vorherigen Unfall. Der Täter hat diesen Wagen immer noch. Die Polizei kann den Lack vergleichen."

„Und wer ist jetzt der Mörder? Wer war es?"

„Du musst mir versprechen, dass du dich von ihm fernhältst, wenn ich es dir sage."

„Versprochen."

„Es ist … dein hilfsbereiter Nachbar."

Kerstin erstarrte; Übelkeit stieg in ihr auf. Ihre Augen wurden groß und sie fühlte sich, als hätte jemand Eiswürfel unter ihren Pulli geschoben.

Ihre Mutter stand auf, nahm sie bei den Händen, drückte sie seufzend an sich und flüsterte: „Leb wohl, mein Schatz. Ich muss jetzt gehen … es ist alles gesagt."

Dann erlosch die Kerze auf dem Tisch und das Zimmer versank in tiefster Dunkelheit. Als Kerstin am Morgen darauf erwachte, roch sie immer noch das Parfüm ihrer Mutter und spürte ihre Wärme auf der Wange. Sie stand auf, zog sich an und telefonierte. Dann setzte sie sich mit einem Tee ans Fenster und beobachtete, wie die Polizei bei ihrem Nachbarn vorfuhr. Kurz darauf spürte sie, wie ein kurzes Kribbeln durch ihren Körper fuhr. Die kleine Kerze in ihrem inneren war erloschen.

Zeichen

Peter war mehr als gut gelaunt, denn in wenigen Tagen würde er zu seiner Tochter nach Paris fliegen. Sie wollte dort einen netten Franzosen heiraten und um nichts in der Welt würde er sich den Anblick seiner Tochter in einem schmucken weißen Kleid entgehen lassen wollen.

Peter hängte das Ticket zurück an die Pinnwand und nahm sich einen Teller dampfender Suppe, mit der er sich in das Wohnzimmer begab. Er war gerade im Begriff, sich auf das Sofa zu fläzen, um sich in Ruhe die Abendnachrichten im Fernsehen anzuschauen, als Alf, sein Golden Retriever, plötzlich anfing zu knurren. Es war ein tiefes Grollen, das Peter einen Mordsschrecken einjagte. Ein Geräusch, das er von seinem treuen Hund noch nie zuvor gehört hatte.

Das Tier fixierte dabei eine bestimmte Stelle neben dem Fenster. Dort stand eine große Yuccapalme, die aber nicht wirklich einen Grund zum Knurren darstellte. Zumindest nicht in Peters Augen. Der Hund sah das wohl anders.

Peter stellte den Teller auf dem Couchtisch ab und streichelte seinem Golden Retriever beruhigend über den Kopf.

„Was ist denn los, alter Junge? Da ist doch nichts … außer der Pflanze. Und die ist harmlos", sagte er lachend. Dann hörte er ein Geräusch und sein Lachen erstarb auf der Stelle. Das Geräusch klang, als würde eine Murmel auf das Parkett fallen und dort langsam herumrollen. Das Ganze dauerte zwei bis drei Sekunden, dann wurde es wieder ruhig.

Sofort sprang Alf vom Sofa und begann zu bellen. Seine Nackenhaare sträubten sich und er fletschte die Zähne. Peter schrie erschrocken auf. Wie erstarrt hockte er auf der Couch und betrachtete seinen Hund, der sich an diesem Abend äußerst seltsam verhielt.

Dann stand er langsam auf. Die Suppe hatte Peter mittlerweile vergessen. Er schlich zu der Stelle, an der er eben noch die Murmel gehört hatte und suchte den Fußboden ab. Doch dort lag nichts. Er hörte den Wind, der lautstark um das Haus heulte und sich draußen geräuschvoll in den Baumkronen brach. Es war das einzige Geräusch weit und breit. Peter setzte sich wieder.

Nach wenigen Minuten hatte auch Alf sich beruhigt und sich zu seinem Herrchen auf das Sofa gelegt. An diesem Abend gab es keine weiteren Vorfälle mehr.

Zwei Tage später, Peter hatte die seltsame Geschichte in seinem Wohnzimmer schon wieder vergessen, war er gerade dabei, auf dem Dachboden in einigen Umzugskartons zu wühlen, als sein Hund, unter ihm auf dem Flur, erneut zu bellen begann. Und er hörte noch etwas; das beunruhigende Knarzen der Bodentreppe. Irgendwer schien heraufzukommen. Doch wer sollte das sein? Peter war seit vielen Jahren geschieden und lebte allein in dem Haus, das er vor wenigen Monaten erst gekauft hatte; abgesehen von Alf. Aber der würde wohl kaum die Treppe emporsteigen.

Peter stellte stirnrunzelnd den Karton zurück und ging zur Bodenluke. Er blickte hinunter und sah Alf kläffend am Fuße des Aufstiegs. Im selben Augenblick spürte er einen kalten Windhauch in seinem Nacken. Peter wirbelte herum. Er hätte schwören können, dass jemand hinter ihm gestanden hatte. Doch das Einzige, was er sah, war ein verstaubter Haufen Gerümpel.

„Du wirst wunderlich auf deine alten Tage", sagte er zu sich selbst und kratzte sich über seinen Dreitagebart. Dann schlang er die Arme um seinen Oberkörper. Aus unerklärlichen Gründen war es auf dem Dachboden kalt geworden.

Peter beschloss, sich in die warme Küche zu setzen und einen heißen Tee zu trinken. Er schaltete das Licht aus, dabei sah er aus den Augenwinkeln eine Bewegung am hinteren Ende des Raumes. Das Mondlicht fiel durch das ovale Dachfenster und überzog alles mit einem silbrigen Schimmer, der vorher von der grellen Deckenbeleuchtung übertüncht worden war. Das Mondlicht offenbarte ihm etwas, das ihm das Blut in den Adern gefrieren ließ. Zwischen zerbrochenen Gartenstühlen und verstaubten Kartons baumelte eine Leiche an einem der stabilen Stützbalken.

Ihre Arme hingen schlapp am Körper herab und der Kopf, auf dem ein dunkler Hut saß, war leicht zur Seite geneigt. Den Hals schnürte ein fingerdickes Seil ab, das sich tief in das graue Fleisch gegraben hatte. Die altertümlich gekleidete Leiche war männlich und schaukelte an dem Seil leicht hin und her, als würde sie sich in einer unruhigen Luftströmung befinden. Das Seil knarzte.

Peter schreckte zurück und verlor kurzzeitig das Gleichgewicht. Beinahe wäre er in die Bodenluke gestürzt, doch es gelang ihm, sich wieder zu fangen. Dann öffnete die Leiche die Augen und starrte ihn an. Jetzt schrie Peter und aus einem Reflex heraus betätigte er den Lichtschalter. Als das grelle Licht erneut den Dachboden flutete und dabei den silbrigen Schimmer verscheuchte, verschwand mit ihm auch die Leiche.

Einige Stunden später lag er im Bett und blickte bei eingeschalteter Nachttischlampe gegen die Decke. Alf hatte er nach dem Abendessen bei seiner sympathischen Nachbarin untergebracht. Immer wieder dachte Peter an den erschreckenden Anblick auf seinem Dachboden. Irgendwann beschloss er, sich das alles doch nur eingebildet zu haben und schon kurz darauf schlief er ein. Er hatte den Schlaf bitter nötig, denn sein Flieger ging schon morgen Vormittag um zehn Uhr.

Als er aufwachte, geschah das ohne seinen Wecker. Die Digitalanzeige war dunkel. Er stellte die Nachttischlampe an und sah, dass sich der Stecker nicht mehr in der Steckdose befand. Peter konnte sich einfach nicht erklären, wie das passiert sein konnte. Er schaute auf seine Armbanduhr, die neben der Lampe lag und sah, dass seine innere Uhr ihn pünktlich um sechs Uhr hatte aufwachen lassen.

Er packte seinen Koffer, nahm ihn mit nach unten und frühstückte in der Küche. Dann suchte er sein Flugticket. Aber so sehr er sich auch bemühte, er konnte es einfach nicht finden.

„Das gibt`s doch nicht. Erst der Wecker, jetzt das Ticket. Das ist doch wie verhext", fluchte er. Besorgt blickte er auf seine Armbanduhr. Es blieb ihm nicht mehr viel Zeit, wenn er pünktlich am Flughafen sein wollte. Doch das vermaledeite Stück Papier blieb wie vom Erdbeben verschluckt.

Peter stürmte ins Arbeitszimmer und durchwühlte zum x-ten Mal den Schreibtisch. Schließlich gab er auf und wollte ohne Ticket zum Flughafen. Irgendwie würde es schon gehen. Eilig zog er seine Jacke über … dann polterte es im Obergeschoss.

Peter erstarrte, als er gerade im Begriff war, den Reißverschluss zu schließen. Er horchte, doch es blieb jetzt ruhig. Vorsichtig schlich er in den Flur und wäre beinahe über seinen Koffer gestolpert. Und als er die Treppe zum ersten Stock hinaufblickte, sah er wieder die Leiche vom Dachboden, die langsam die Stufen zu ihm hinabstieg. Das lange Seil, das immer noch fest um ihren Hals geschnürt war, schleifte wie eine Schleppe hinter ihr her.

Peter machte auf dem Absatz kehrt und stürzte schmerzhaft über seinen Koffer. Er robbte auf allen Vieren zur verschlossenen Haustür und stellte entsetzt fest, dass jemand den Schlüssel abgezogen hatte. Mittlerweile befand sich die Leiche auf dem Flur vor der Treppe.

„Was willst du von mir? Verschwinde, ich habe nichts getan", schrie Peter. Dann sprang er hoch, riss die Tür der Besenkammer auf, zog hektisch den Schlüssel ab und schloss sich von innen ein. Völlig panisch zwängte er sich in die hinterste Ecke des kleinen Raumes. So entging ihm das seltsame Lächeln der Leiche.

Nach mehreren Stunden drückte seine Blase und er bekam großen Durst. Widerwillig verließ er die Kammer. Der Flur war sonnendurchflutet. Er schaute sich vorsichtig um; von einer Leiche keine Spur.

Daraufhin schleppte er sich zitternd ins Wohnzimmer um eine Flasche Wasser zu trinken. Er lachte laut auf, weil er wegen eines Spuks (den er sich vielleicht nur eingebildet hatte) die Hochzeit seiner Tochter verpasst hatte. Als er seinen Durst gestillt hatte, wollte er zur Toilette, um dort seine Blase zu entleeren, als der Fernseher plötzlich anging. Es liefen die Siebzehn-Uhr-Nachrichten. Über den Bildschirm flackerte der helle Schein eines brennenden Flugzeuges. Am Text, der in Dauerschleife unten durch das Bild lief, erkannte er die Nummer seines Fluges, den er verpasst hatte. Die Maschine war kurz vor der Landung in Paris abgestürzt. Es gab keine Überlebenden.

Dann erinnerte sich Peter daran, dass seine Frau ihm einmal erzählt hatte, dass Selbstmörder nicht in den Himmel gelangten. Sie seien dazu verflucht, über die Erde zu wandeln, bis sie sich mit einer guten Tat davon befreien könnten.

Peter starrte eine ganze Weile auf den Bildschirm ohne sich zu rühren. Dann lächelte er. „Danke", sagte er flüsternd, blickte sich kurz um und schaltete den Fernseher aus. Er musste dringend ein Telefonat nach Paris führen.

Böse Taten...

Bonzo stellte den Motor ab. Er blickte grinsend durch die Windschutzscheibe und betrachtete die hohen Bäume, die wie eine gigantische Wand rund um das Feld eine natürliche Sichtbarriere bildeten. Einen Augenblick lang blieb er hinter dem Lenkrad sitzen und studierte durch seine dunkle Sonnenbrille hindurch die sich sanft wiegenden Kronen. Dabei wuchs seine Vorfreude ins Unermessliche.

Auf dem Beifahrersitz stand eine Kühltasche, die er liebevoll mit dem Sicherheitsgurt am Sitz befestigt hatte. Er befreite sie vom Gurt und nahm sie mit aus dem Wagen. Er trug die Kühltasche hinter das Auto, öffnete die Heckklappe des Pick-Ups und stellte die Tasche auf die Ladefläche. Dann stemmte er sich auf das geriffelte Blech. Das dunkle Metall hatte sich durch die sengende Augustsonne so erhitzt, dass ihm kurzzeitig die Handflächen schmerzten.

„Verdammte Scheiße", fluchte er und schob die Kühltasche weiter auf die Ladefläche. Von seiner erhöhten Position aus überblickte er das gesamte abgeerntete Feld, das seinem Vater gehörte und vor ihm seinem Großvater. Bonzo war der erste männliche Nachkomme seiner Familie, der mit Landwirtschaft nichts am Hut hatte. Im Gegenteil, er verachtete die „Bauerntölpel", wie er sie nannte, die sich Tag für Tag den Arsch aufrissen, um dann doch nur von der Hand in den Mund zu leben.

Bonzo stiefelte zu einer aus Sperrholz gezimmerten Kiste. Er schob den in der Sonne glänzenden Riegel des Schlosses zur Seite und hob den Deckel an. Aus dem aufgeheizten Bauch der Holzkiste entnahm er einen mit Stoff bezogenen

Gartenstuhl. Er klappte ihn auseinander und stellte ihn neben die Kühltasche auf das Riffelblech. Der zweite Gegenstand, den er herausnahm, war ein Fernglas. Bonzo nahm die Schutzkappen aus Kunststoff von den Okularen. Er setzte es an die Augen und suchte die Bäume ab. Zu seiner Befriedigung sah er genug von ihnen. Das würde heute wieder richtig Spaß machen.

Mit dem um den Hals baumelnden Fernglas griff er erneut in die Kiste, um ihr den dritten und wichtigsten Gegenstand zu entnehmen: ein Gewehr mit Zielfernrohr. Es war das Jagdgewehr seines Großvaters, der dachte, dass sein liebstes Spielzeug gut verstaut im Waffenschrank lag.

Mit dem Gewehr im Arm setzte er sich auf den Stuhl. Dann öffnete er die Kühlbox, entnahm ihr eine Dose Bier und ein Erdnussbuttersandwich. Als er herzhaft davon abbiss, platschte ein dicker Klumpen Erdnusssoße auf seine Bermudashorts. Fluchend wischte er den Flecken ab und spülte den Rest mit einem großen Schluck kühlem Bier seinen Hals hinunter. Dann rülpste Bonzo lautstark, während er die noch nicht gegessene Hälfte auf den Rand der Kühlbox legte. Die würde er sich für später aufsparen.

Einige seine potentiellen Opfer sah er schon ein paar Meter von ihm entfernt auf dem Feld landen. Bonzo fackelte nicht lange, legte das Gewehr an, zielte und verpasste der Krähe eine Kugel. „Yeah, Volltreffer. Du blödes Mistviech, das geschieht dir recht", grunzte Bonzo. Das Vieh kreischte kurz; Federn stoben auf, als würde man ein zerrissenes Kissen schütteln. Dann war es ruhig. Bis auf Bonzos Lachen, das schrill über das Feld hallte.

Eine Stunde später hatte er zwölf Krähen erledigt, die allesamt über dem Feld verteilt lagen. Jeden Abschuss hatte er penibel in ein Büchlein eingetragen. Doch irgendwann begann Bonzos Rücken von dem unbequemen Gartenstuhl zu schmerzen. Das nächste Mal würde er sich etwas Angenehmeres zum Sitzen einpacken.

Mittlerweile rann ihm der Schweiß in Strömen über den Körper. Es schien sekündlich heißer zu werden. Bonzo stand auf, drückte den Rücken durch und griff sich noch eine Dose aus der Kühltasche; seine fünfte. Er trank gierig. Eine große Gruppe dunkler Krähen hatte sich um ihre toten Artgenossen geschart und schien sie zu betrauern.

„Ja, begrabt sie doch, ihr Mistviecher. Aber euch bekomme ich auch noch", brüllte Bonzo und bückte sich kichernd nach seinem Gewehr. Dabei verlor er das Gleichgewicht und stürzte vom Pick-Up. Das wäre aus dieser Höhe nicht weiter tragisch gewesen. Doch er schlug mit dem Oberschenkel auf einem großen spitzen Stein auf, der wie ein grauer Zahn aus dem Feld ragte und zersplitterte sich den Knochen mit einem lauten Knirschen.

Bonzo schrie und der Schrei verebbte in den hochragenden Baumkronen, die das Feld vor dem Rest der Welt isolierte. Bonzo keuchte mit zusammengepressten Zähnen, durch die zischend die Luft entwich. Der Schmerz lähmte ihn, trotzdem gelang es Bonzo sich hinter den Wagen zu robben. Die Krähen hatten aufgehört ihre Toten zu betrauern und beobachteten nun aufmerksam Bonzos kläglichen Versuche, sich von hinten auf die Ladefläche zu hieven.

Er presste die Zähne zusammen und grunzte vor Schmerzen, während er sich auf das gesunde Bein stemmte und das zerschmetterte mit anhob. Die Krähen kamen näher. Drei Dutzend von ihnen hockten jetzt fünf Meter entfernt beieinander und drehten die gefiederten Köpfe aufmerksam von links nach rechts. Ihre schwarzen Augen glänzten wie dunkle Murmeln in der Mittagssonne. Eine beunruhigende Totenstille hatte sich über dem staubigen Feld ausgebreitet. Einzig das Gestöhne und Gejammer von Bonzo war zu hören.

Als Bonzo endlich stand fragte er sich, warum er nicht zur Fahrerkabine gerobbt war, in der sein Handy lag, mit dem er hätte Hilfe holen können und verfluchte sich für seine Blödheit. Mitten in seinem Gedankengang löste sich eine Krähe aus dem schweigsamen Verbund und hoppelte nahe zu ihm heran. Sie hüpfte mit einem Flügelschlag auf die Ladefläche. Bonzo schrie auf und wäre beinahe wieder gestürzt.

„Ksch … verschwinde Mistviech. Mach das du wegkommst", fauchte er und fuchtelte wild mit einem Arm. Die Krähe störte das nicht. Sie schien zu wittern, dass Bonzo keine Gefahr mehr für sie darstellte. Sie gab einen hohen Laut von sich und eine Handvoll Vögel flatterte auf das Auto.

Bonzo schrie vor Wut über die Frechheit der Tiere und schlug mit der flachen Hand auf die Ladefläche. Die Krähen stoben in alle Himmelsrichtung auseinander. Bonzo zog sich komplett auf das Riffelblech und blieb erschöpft auf dem Bauch liegen. Einige Sekunden später landeten zwei Krähen auf seinem Rücken und begannen mit ihren scharfen Schnäbeln blutige Wunden in Bonzos mittlerweile verbrannten Nacken zu treiben.

Bonzo heulte auf vor Schmerz, dabei drehte er sich reflexartig auf den Rücken und vertrieb so die beiden Vögel. Seine Hand tastete nach dem Gewehr. Doch als er sich umblickte, stockte ihm der Atem - sämtliche Vögel hatten sich rundherum auf dem Pick-Up verteilt. Mindestens fünfzig

Stück. Sie betrachteten ihn stumm wie etwas, dass ein Chirurg auf seinem Seziertisch betrachten würde.

„Liebe Vögel", stotterte er, „ganz liebe Vögel". Dann griff er sich das Gewehr. Kurz darauf fielen sie wie ein Rudel Hyänen über ihn her. Bonzo feuerte einen Schuss ab, der ins Leere ging. Dann spürte er nur noch Krallen und Schnäbel, die ihn wie einen Brocken Fleisch bearbeiteten. Bonzo schrie erneut, dieses Mal verzweifelter.

Es gelang ihm tatsächlich sich für einen Augenblick dem lärmenden Vogel-Mob zu entziehen und schleppte sich zur immer noch offen stehenden Sperrholzkiste. Mit letzter Kraft ließ er sich hineinplumpsen und zog den Deckel zu. Die Krähen fielen nun in rasender Wut über das Holz her und hackten mit ihren Schnäbeln darauf ein. Ein Geräusch als würde es Hageln.

Nach einer halben Stunde der Raserei wurde es schlagartig still. Bonzo fühlte sich schon sicher, als er klickende Krähenkrallen über die Kiste spazieren hörte. Bonzo würde warten, bis auch die Letzte von ihnen aufgab, dann würde er mit seinem Handy Hilfe holen. Stattdessen hörte er mit stummen Entsetzen, wie der Vogel mit seinem Schnabel den Riegel des Schlosses in die Führung schob.

Nachdem er eine Stunde lang erfolglos das Holz der Kiste mit der Faust bearbeitet hatte und die Temperatur darin gefühlte hundert Grad erreicht hatte, gab er schluchzend auf. Er wusste nun, dass die Vögel nicht ihre Artgenossen beerdigt hatten, sondern ihn - in einem backofenähnlichen Sarg, den er selbst gezimmert hatte.

Das Maislabyrinth

Wie ein wütendes Tier trommelte der Regen auf das Auto und hinterließ ein dauerhaftes Dröhnen. Wasserströme rannen die Scheiben hinab und ließen die Welt außerhalb der verbeulten Karosserie in Bedeutungslosigkeit verschwimmen.

Kirsten hockte kichernd auf Dennis' Schoß. Der fummelte angeregt unter ihrem Pullover herum. Normalerweise ließ sie jemanden, den sie gerade mal drei Tage kannte, nicht so weit gehen. Aber bei Dennis war es anders. Sie hatte sich vom ersten Augenblick an bei ihm geborgen gefühlt. Also machte sie eine Ausnahme.

So unerwartet wie der Regen eingesetzt hatte, so abrupt endete er. Eine grelle Sonne brach durch rarer werdende Wolken. Kirsten krabbelte zurück auf ihren Sitz.

„Aussteigen. Es hat sich ausgeknutscht, nun kommt der spaßige Teil", sagte sie und öffnete die Fahrertür ihres Wagens.

„Ich dachte, das wäre der spaßige Teil", antwortete Dennis grinsend und stopfte sein T-Shirt in die Hose. Als er ausstieg, patschte er in eine tiefe, schlammige Pfütze. Überrascht schüttelte er seinen nassen Fuß.

„Verdammt, das kann auch nur mir passieren. Der Tag kann ja kaum schlimmer werden."

Kirsten lachte über sein Missgeschick, gab ihm aber zum Trost einen Kuss und hüpfte dann um kleine Pfützen herum, zu einer windschiefen Holzhütte. Über einem Ausschnitt, in dem ein ungepflegt wirkender Mann mit Hut saß, hing ein schiefes Schild, auf dem „Kassenhaus" stand.

„Zwei Eintrittskarten für das Maislabyrinth bitte", sagte Kirsten. Der Mann in dem Häuschen beugte sich vor und musterte sie. Dabei blieb sein Blick länger an ihrem Busen hängen, als es Kirsten lieb war. Den Mann schien es nicht zu stören, dass sie seinem Blick folgte. Er grinste ein beinahe zahnloses Grinsen und schob ihr beiläufig mit einer schmuddeligen Hand zwei Tickets zu.

„Macht fünf Euro", krächzte er.

„Ich bezahle", sagte Dennis, der nun hinter Kirsten stand. Er legte einen Arm um ihre Taille und warf einen zerknitterten Schein auf den Tresen. Der Mann mit Hut kniff die Augen zusammen und versah Dennis mit einem bösen Blick. Dennis ignorierte ihn. Wiederwillig nahm der Mann zwei DIN-A-4 Zettel unter dem Tresen hervor und reichte sie an Kirsten.

„Im Labyrinth sind sechs Stationen versteckt. Ihr müsst dort jeweils eine Frage beantworten und dann den Zettel abstempeln. Habt ihr alle Fragen richtig beantwortet, gebt ihr den Zettel wieder bei mir ab. Damit nehmt ihr an einer Verlosung teil", erklärte er mürrisch. „Ich wünsche euch Turteltäubchen viel Spaß", fügte er mit einem schiefen Grinsen hinzu.

„Alles klar, dann los", sagte Dennis und zog Kirsten hinter sich her ins Labyrinth.

Der Mais stand dicht wie eine Wand. Die Pflanzen waren drei Meter hoch und wirkten wie wachsame Soldaten, die sich sanft im milden Wind wiegten. Die Gänge waren breit genug, um gemütlich nebeneinander her zu gehen. Um sich herum nur noch Grün, über sich den mittlerweile blauen Himmel, der langsam in ein dunkles Lila überglitt. Der Tag neigte sich dem Ende.

Kirsten hielt überglücklich Dennis Hand. Lachend suchten sie nach den Stationen. Dass sie anscheinend die einzigen im Labyrinth waren, störte sie nicht.

Nach wenigen Minuten fanden sie den Ersten der sechs Stempelplätze. Sie brüteten über der Frage, einigten sich und stempelten ihre Zettel rasch ab. Als sie sich wieder in Bewegung setzten, hielt Kirsten ihren Freund am Arm fest.

„Siehst du das auch?", fragte sie.

„Was meinst du?"

„Na, da vorne, zwischen den Reihen", sagte Kirsten und zwängte sich hinter die ersten Maissoldaten. Dennis folgte ihr. Vor einem merkwürdigen Gebilde blieben sie stehen.

„Was ist das?", fragte Kirsten. Dennis runzelte die Stirn.

„Keine Ahnung. Vielleicht eine Anomalie", sagte er grinsend. „Sieht zumindest komisch aus."

„Nein. Das hat jemand aus Maisblättern und Stengeln geflochten. Das scheint eine menschliche Gestalt darzustellen, mit einem großen Maiskolben als Kopf." Tatsächlich hatte das etwa einhundertachtzig Zentimeter große Gebilde eine gewisse Ähnlichkeit mit einem Menschen. Kirsten rann ein kalter Schauer über den Rücken.

„Da hat sich wohl jemand einen Spaß erlaubt und seine künstlerische Freiheit ausgelebt", sagte Dennis.

„Nein, da stimmt etwas nicht mit. Es ist so, als würde es uns beobachten. Als wäre es irgendwie lebendig."

„Das bildest du dir ein."

„Komm Dennis, lass uns bitte weiter gehen."

Während sie in den Gängen nach der nächsten Station suchten, begegneten ihnen weitere dieser Figuren. Mal kleinere, mal größere, doch immer waren sie Kirsten unheimlich. Sie fühlte sich beobachtet.

Bei der zweiten Station ließen sie sich mehr Zeit und Dennis versuchte die Stimmung zu retten, indem er begann mit Kirsten heiße Küsse auszutauschen. Dennis Hand glitt wieder unter ihren Pullover und umfasste eine ihrer Brüste. Dann hörten sie Stimmen. Er konnte gerade noch seine Hand zurückziehen, als eine junge Mutter mit ihrer Tochter an der Station vorbeikam. Die zwei blieben kurz stehen und die Frau blickte mit stumpfen, traurigen Augen zu ihnen hinüber. Das Mädchen starrte auf den Boden. Es schien beinahe so, als wollte die Frau etwas sagen, sie öffnete ein wenig die blassen Lippen, dann drehte sie den Kopf wieder nach vorne und trottete mit dem Kind weiter.

„Was war das denn?", fragte Dennis. Und als er Kirsten anblickte, war sie Kreidebleich.

„Wo kommen die beiden auf einmal her? Der Blick der Frau … hast du ihn gesehen? Das war wirklich unheimlich. Als wollte sie uns um Hilfe bitten", sagte Kirsten.

„Ja, vielleicht sind sie gerade erst angekommen und sie wollte einfach nur die Antwort an dieser Station wissen. Die wollte mogeln."

„Nein", sagte Kirsten empört. „Die wirkten irgendwie verloren, als irrten sie hier umher."

„Ja, genau, die finden den Ausgang nicht", erwiderte Dennis lachend. In diesem Augenblick wünschte sie sich, sie hätte sich nicht von ihm befummeln lassen.

„Du bist echt blöd. Ich glaube die suchen wirklich Hilfe", sagte sie und setzte sich wieder in Bewegung.

„Hey, wo willst du hin? Wir haben unseren Stempel noch nicht."

„Ich habe keine Lust mehr. Ich gehe zum Auto."

Langsam wich das Tageslicht aus den Gängen. Es schien, als würde die aufkommende Dunkelheit direkt zwischen den Maisreihen hervorquellen. Kirsten bemerkte, dass die menschenähnlichen Gebilde, die sie auf dem Hinweg gesehen hatten, nicht mehr da waren.

Dafür sahen sie hinter der nächsten Biegung drei Leute, mitten auf dem Gang stehen. Sie unterhielten sich nicht, sondern starrten allesamt zwischen die Pflanzen, als gäbe es dort etwas Aufregendes zu beobachten. Sie besaßen dieselben stumpfen, beinahe leblosen Augen wie die Frau und das Kind. Keiner der Männer beachtete sie. Dann, wie auf ein unsichtbares Kommando hin, setzten sie sich roboterhaft in Bewegung und verschwanden raschelnd zwischen den Reihen.

„Wo wollen denn die komischen Vögel hin?", fragte Dennis. Kirsten antwortete nicht, sondern marschierte den dreien hinterher.

„Hey, was soll das denn werden? Bleib hier!", rief Dennis. Er zögerte einen Augenblick ihr zu folgen. Irgendetwas störte ihn. Als lauerte jemand im Mais. Dann, aus Angst sie aus den Augen zu verlieren, stiefelte auch er hinterher.

Zwischen den Pflanzen war der Boden weitaus weniger schlammig, als auf dem Weg. Und aus unerfindlichen Gründen nahm die Dämmerung mit jedem Schritt, den er sich weiter in den Mais hinein bewegte, zu.

Er vermutete Kirsten direkt vor sich. Doch als er stehen blieb um zu lauschen, vernahm er ein Rascheln hinter sich. Als er sich umschaute, sah er nichts. Dann verlor er die Orientierung. Dennis bewegte sich rein instinktiv in eine Richtung, ohne zu wissen wohin. Erneut blieb er stehen und lauschte. Das Rascheln der Blätter wurde lauter. Jemand kam auf ihn zu. Dennis kauerte sich hin und spähte in alle Richtungen. Dann brach etwas durch die Reihen.

Kirsten hörte den Schrei. Ein entsetzlich schrilles Kreischen, das einige Vögel zwischen den Pflanzen aufscheuchte. Sie erkannte ihren Dennis und rief nach ihm, erhielt jedoch keine Antwort. Voller Panik rannte sie zurück und erreichte kurz darauf den Weg. Dennis aber war verschwunden.

Die Männer hatte sie ebenfalls aus den Augen verloren. Als wären sie vom Erdboden verschluckt. Genau wie Dennis. Immer wieder rief sie seinen Namen, doch niemand antwortete. Frustriert suchte sie die Gänge ab. Erfolglos. Es wurde rasch dunkel. Dann hörte sie doch noch ein Geräusch. Bevor sie sich umdrehen konnte, traf sie ein harter Schlag am Hinterkopf und die Lichter gingen aus.

Als sie zu sich kam, stand die Sonne hoch am Himmel. Sie rappelte sich auf und klopfte ihre Klamotten ab. Ihr Kopf dröhnte noch immer. Als sie zurück marschierte, sah sie die Maisfiguren. Vor einer blieb sie stehen. Vor ihr lag ein nasser Turnschuh, der ihr irgendwie bekannt vorkam. Sie wusste nur nicht woher. In ihrem Inneren spürte sie, dass irgendetwas fehlte und dass die Maisfigur vor ihr damit zu tun hatte. Sie wusste nur nicht wie, denn an Dennis und den letzten Abend konnte sie sich nicht mehr erinnern. Die

Holzhütte war verschwunden. Kirsten betrachtete ein letztes Mal die Maisfigur, dann stieg sie ins Auto und fuhr nach Hause.

Der Schrottplatz

„Bist du sicher, dass er wirklich keine Hunde mehr laufen hat?", fragte Timo. Lars lächelte, als er einen Anflug von Furcht in der Stimme seines Freundes bemerkte. In seinen Augen spiegelte sich das kalte Mondlicht, das den gesamten Schrottplatz mit einem silbernen Schimmer überzog. Durch die Tatsache, dass der Himmel wolkenlos und der Mond hell und voll war, konnte man die Fahrzeuge auf dem riesigen Gelände gut erkennen. Hunderte gespenstischer Hüllen aus totem Metall, in einem kontrollierten Wirrwarr, das von breiten Gängen durchsetzt wurde.

„Kannste ganz beruhigt sein, Alter. Der gute Mohrmann besitzt schon seit Jahren keine Hunde mehr. Waren wohl zu gefräßig, die Viecher", sagte Lars und sein Lächeln wuchs zu einem breiten Grinsen. „Und jetzt schieb deinen fetten Arsch über den Zaun. Ich dachte, du wolltest unbedingt den Spiegel für deinen 58er Ford Mustang?"

„Ja, schon, aber…"

„Kein aber, rüber mit dir", blaffte Lars und hielt Timo seine ineinander verhakten Hände für eine Räuberleiter hin. Timo stieg mit einem Fuß hinein und schwang sich mühsam über den zwei Meter hohen, verrosteten Zaun. Lars, der viel schlanker und athletischer war, kletterte aus eigener Kraft hinüber.

Auf der anderen Seite knipste Timo eine Taschenlampe an. „Mach das Ding aus, du Idiot. Das Mondlicht ist hell genug", zischte Lars. „Oder willst du, dass uns der alte Mohrmann doch noch an den Eiern kriegt. Mein alter Herr behauptet, er würde öfter hier übernachten. Außerdem ist da noch etwas, was er behauptet … eine Sache, die dir nicht gefallen wird", sagte Lars und ließ seinen Blick prüfend über das weite Gelände streifen. Timo musterte seinen Kumpel misstrauisch. „Was meinst du?", fragte er.

„Erzähl ich dir später", sagte Lars und deutete mit dem Finger auf eine windschiefe Blechhütte, die hinter einem Haufen übereinander gestapelter Autos auftauchte. „Wir sollten erstmal checken, ob der alte Sack hier heute übernachtet. Mein alter Herr behauptet, er wäre dann immer zu besoffen, um nach Hause zu fahren."

Gemeinsam näherten sie sich dem niedrigen Gebäude. Hinter den schmierigen Scheiben brannte nirgendwo ein Licht. Nicht einmal eine Kerze. Das Gebäude schien verlassen. Lars schlich an der Wand entlang und spähte vorsichtig in ein großes Fenster, durch das man den Schrottplatz überblicken konnte. Eine karge Inneneinrichtung wurde vom Mondschein erhellt.

„Da ist niemand zu Hause. Die Pritsche ist unbenutzt", flüsterte er.

„Das ist gut. Lass uns den Spiegel organisieren und schnell von hier verschwinden", sagte Timo mit diesem ängstlichen Vibrieren in der Stimme.

„Der Mustang steht dort hinten, im zweiten Gang", sagte Lars und deutete mit dem Finger in die Richtung. Geduckt rannten sie los. Es hatte am Tage geregnet und sie mussten Pfützen ausweichen, die im Mondlicht wie geschmolzenes Silber wirkten.

Als sie den Platz erreichten, an dem Lars den Mustang vor einigen Tagen gesehen hatte, war er fort. Timo blickte Lars enttäuscht und leicht verärgert an.

„Verdammt, da ist uns jemand zuvor gekommen", sagte Lars. „Oder du hast dich geirrt und er steht woanders. Immerhin warst du bei Tageslicht hier gewesen, als du ihn gesehen hast", sagte Timo, in der Hoffnung, den Hausfriedensbruch wenigstens nicht umsonst begangen zu haben. Lars schüttelte energisch den Kopf.

„Nein, nein. Der stand hier und nun ist er weg", sagte er und steckte seine Hände in die Lederjacke. Als er sie wieder herauszog, hielt er eine Taschenlampe in der rechten Hand. „Aber da wir schon mal hier sind, möchte ich mich noch ein wenig genauer umschauen."

Timo blickte ihn erschrocken an. „Mach keinen Quatsch. Lass uns jetzt von hier verschwinden. Ich bekomme meinen Spiegel auch woanders her."

„Ich meine nicht deinen Spiegel", erwiderte Lars und in seinen dunklen Augen schimmerte der Schalk auf. „Ich rede von dem, was mir mein alter Herr über den Schrottplatz berichtet hat."

„Und was?", fragte Timo.

„Als der Mohrmann noch jünger gewesen war, hatte er das Unternehmen zusammen mit seinem Bruder geführt. Irgendwann haben die beiden sich so verstritten, dass Mohrmann einen Deal mit dem Teufel geschlossen hat. Er verkaufte die Seele seines Bruders an ihn. Seitdem wandelt der als entstelltes Monster nachts über das Gelände, um es zu bewachen. Die Dobermänner hatte Mohrmann damals zur selben Zeit abgeschafft. Die braucht er nicht mehr", sagte Lars und grinste wieder.

„So ein Blödsinn", sagte Timo. Doch seine Stimme klang dabei nicht sehr überzeugend.

„Jede Nacht soll Mohrmanns Monsterbruder aus seinem Kellerverlieβ unter der Blechhütte gekrochen kommen, um jeden, der sich hier unrechtmäßig aufhält, mit sich zu nehmen."

Timo wurde zunehmend bleicher. Sein Gesicht wirkte im silbrigen Mondschein wie eine Wachsmaske.

„Und weißt du was das Beste ist?", fragte Lars. Timo schüttelte den Kopf. „Wenn er jemanden mit in sein Verlieβ schleppt, dann soll er sich an dessen Körperteilen bedienen. Er tauscht sie irgendwie gegen seine aus. Er erneuert sich. Und seitdem sind hier mindestens drei Menschen verschwunden. Ein kleiner Junge, der durch ein Loch im Zaun aufs Gelände gelangt war. Ein Landstreicher, der ein grünes und ein blaues Auge gehabt haben soll und eine Blondine aus dem Nachbarort"

„Du erzählst doch Scheiße", schrie Timo. „Hey, nicht so Laut. Sonst hört er uns noch", kicherte Lars. Dann hörten sie ein metallisches Knirschen im Gang neben ihnen.

„Was war das?", fragte Timo. „Keine Ahnung. Ich geh mal nachschauen", sagte Lars und stiefelte los. „Nein, warte auf mich", krächzte Timo, der nur noch weg wollte. Doch Lars war zwischen den Blechbergen verschwunden. „Verdammter Idiot", murmelte er und blickte sich unsicher um. Dann hörte er wieder dieses metallische Kratzen, als würde jemand mit einem Schraubendreher am Autolack entlangstreifen.

Timo blickte in den Nachbargang und riss dabei die Augen auf, um mehr des dünnen Mondlichtes in seine Pupillen fließen zu lassen. Doch er konnte nichts Ungewöhnliches erkennen. Vorsichtig schlich er weiter, wobei seine Blicke über die Autoleichen um ihn herum strichen. Timo versuchte kaum zu atmen, um zu horchen. Dann stürzte etwas hinter einem alten Benz hervor, sprang über die Motorhaube und rammte Timo zu Boden. Timo schrie und spürte, wie sich dabei seine Blase teilweise entleerte.

„Mein Gott", lachte Lars, „du solltest mal dein dämliches Gesicht sehen. Und eingepisst hast du dich auch noch." Vergnügt warf er sich auf den feuchten Boden und kugelte sich vor Lachen. Timo rannte wutentbrannt davon. Zwei Gänge weiter blieb er völlig außer Atem stehen. Er weinte. Solch eine Demütigung war einfach zu viel.

Timo wollte nur noch weg. Er machte sich gerade auf den Weg zum Zaun, als er einen Schrei hörte, der kurz darauf verstummte. Timo dachte: „Du kannst mich nicht mehr reinlegen, Arschloch." Doch kurz darauf hörte er wieder das altbekannte Kratzen. Diesmal war es deutlich lauter, als würde es sich direkt neben ihn befinden. Und diesmal war da noch ein zweites Geräusch; es klang, als würde jemand etwas Schweres hinter sich herzerren.

Timo blieb stehen und lauschte. Es gelang ihm nicht, die Richtung des Geräusches auszumachen, doch als er sich umdrehte, sah er einen unförmigen Schatten mitten auf dem Gang stehen.

„Verpiss dich, Lars. Du hast heute Nacht schon genug Mist fabriziert. Also, lass mich in Ruhe."

Der Schatten auf dem Gang machte keinerlei Anstalten sich zu bewegen oder zu antworten. Er stand einfach nur da und beobachtete Timo. „Ich warne dich Lars. Verschwinde, wir sind fertig miteinander."

Der Schatten bewegte sich nun auf ihn zu und Lars hörte wieder das schleifende Geräusch. Erst jetzt fiel Timo auf, dass die Person, die auf ihn zukam, viel größer war als Lars. Zu spät bemerkte er seinen Irrtum. Er wich zurück und fummelte dabei panisch seine Taschenlampe aus der Jacke. Und als er sie anknipste, war der Schatten kein Schatten mehr, sondern eine unförmiges Etwas, mit einem grünen und einem blauen Auge. Es griff mit kleinen Kinderhänden nach ihm und seine blonden langen Haare hingen verdreckt über seinen breiten Schultern. Es war das Letzte, was Timo in seinem Leben sah, dann wurde ein großer Sack über ihn gestülpt. Und während sich seine Blase komplett entleerte, wurde die Welt um ihn herum für immer schwarz.

Das Hütchen-Spiel

Sven betrachtete freudig die Inschriften auf den funkelnden Ringen. Auf einem stand Sven, auf dem anderen Claudia. Dann legte er sie behutsam zurück in den kleinen roten Kasten und schloss den Deckel. Mit einer schnellen Handbewegung ließ er ihn in seiner Jackentasche verschwinden.

„Danke, die sind wirklich wunderschön geworden", sagte er, reichte dem Verkäufer seine Hand und verließ das Juweliergeschäft.

Er kannte Claudia erst seit zwei Wochen, doch war er sich schon nach wenigen Augenblicken sicher gewesen, diesmal die Frau fürs Leben kennen gelernt zu haben. Es war die buchstäbliche Liebe auf den ersten Blick.

Sven schlenderte pfeifend die Fußgängerzone entlang und betrachtete gedankenverloren die Auslagen in den Geschäften, die sich auf beiden Seiten der Straße unendlich aneinanderreihten. Das Wetter war schön und Sven so glücklich wie lange nicht mehr. In drei Stunden würde er Claudia wiedertreffen und ihr die Ringe präsentieren. Er konnte es kaum noch erwarten.

Dann sah er ihn. Er hatte auf der anderen Straßenseite einen hüfthohen Tisch aufgebaut, hinter dem er auf einem Klappstuhl saß. Vor dem Tisch stand ein Mann in einem teuren Anzug. In der Hand hielt er einen braunen Aktenkoffer.

Sven blieb stehen und beobachtete die beiden Männer. Er sah fasziniert, wie der Hütchenspieler die drei Schalen blitzschnell hin und her schob. Dabei redete er unablässig auf den Mann im Anzug ein. Als er das flinke Fingerkarussel stoppte, tippte der Anzugträger auf die Schale in der

Mitte. Doch als der Hütchenspieler sie anhob, befand sich nichts darunter außer abgeschrabbeltem Holz.

Um zu beweisen, dass er nicht betrog und alles mit rechten Dingen zuging, nahm er die linke Schale hoch und präsentierte dem staunenden Anzugträger die kleine Kugel, die sich darunter befand. Der Mann mit dem teuren Anzug sagte etwas, was Sven aufgrund der Entfernung nicht verstand und stapfte wutentbrannt davon.

Sven blickte immer noch wie gefesselt zum Hütchenspieler, als dieser ihn bemerkte. Und noch bevor er wegschauen konnte, trafen sich ihre Blicke. Der Hütchenspieler lächelte und winkte Sven, er solle doch zu ihm kommen. Der dachte kurz nach. Er war sich sicher seine Spielsucht, die ihn jahrelang gequält hatte, im Griff zu haben. Und, meine Güte, was war schon ein lächerliches Spiel mit drei Hütchen? Immerhin waren es keine Einarmigen Banditen. Außerdem konnte er ein paar Scheine extra gut gebrauchen, wenn er Claudia zum Essen ausführen wollte. Und das hatte er vor. Die Ringe hatten schon sein eigentliches Budget aufgezehrt.

Er wechselte die Straßenseite und marschierte zu dem Kerl hinter dem kleinen Tisch. Der lächelte, als sich Sven vor ihm aufbaute.

„Guten Tag, mein Herr", sagte der Hütchenspieler mit zischelnder Stimme. Dabei musste Sven an eine Schlange denken.

„Möchten Sie ein Spiel?" Er stellte die Frage, während er die drei Hütchen gekonnt hin und her sausen ließ. „Ich verdopple ihren Einsatz. Das ist nur fair. Sie können höchstens einhundert Prozent verlieren, ich zweihundert. Sie sehen, dass ich hier das größere Risiko trage."

Wieder lächelte der Hütchenspieler und diesmal blitzte kurzzeitig ein goldener Schneidezahn in der Sonne auf. Er trug eine eng gebundene, breite Krawatte, die aus schreiend bunten Farben bestand, die jedem Clown alle Ehre gemacht hätte.

Sven dachte an das opulente Abendessen mit Claudia und willigte ein.

„Sehr gut. Sie sind ein Sportsmann, das habe ich mir gleich gedacht, als ich Sie dort drüben habe stehen sehen … ein echter Sportsmann." Erneut blitzte der Goldzahn frech auf.

Ohne lange zu überlegen, sagte Sven: „Ich setzte hundert. Das ist mein ganzer Rest."

„Okelidokeli", sang der Hütchenspieler und seine geschickten Hände begannen mit ihrer flinken Arbeit. Während er die Hütchen kreisen ließ, summte und grinste er unablässig. Seine aggressiv bunte Krawatte pendelte dabei langsam und auf unheimliche Weise hypnotisch vor seinem Bauch hin und her. Die Augen hielt er geschlossen.

Nach zehn Sekunden wurde er langsamer. Dann öffnete er die Augen und sang diesmal laut einen Text, passend zur Melodie, die er zuvor gesummt hatte. Passanten eilten an ihnen vorbei, schenkten den beiden aber keinerlei Beachtung.

Der Hütchenspieler, der gleichzeitig ein guter Sänger war, wurde schneller, um gleich darauf zu stoppen.

„Wo ist die Kugel?", fragte er mit seinem blitzenden Schneidezahn. Sven war sich seines Sieges sicher. Er hatte ein gutes Auge und die gesamte Zeit über eine der drei Hütchen mit dem Blick verfolgt. Er war sich absolut sicher, als er mit dem Zeigefinger auf die linke Schale tippte. Umso größer war die Enttäuschung, als sich die Kugel nicht darunter befand.

„Verdammt, das ist unmöglich", stotterte er. „Unmöglich … ich war mir so sicher."

„Meine Hand ist schneller als ihr Auge, mein Herr. Noch ein Versuch?", fragte der Hütchenspieler, während er den Hunderter von Sven demonstrativ in seine Hemdtasche stopfte.

„Ich habe kein Geld mehr", sagte Sven. Er war am Boden zerstört. Wie sollte er Claudia jetzt zum Essen einladen, um ihr im passenden Rahmen den Ring zu überreichen? Obwohl er pleite war, musste er es irgendwie nochmal versuchen. Doch er hatte keine Idee, was er als Einsatz nehmen sollte. Sven griff in seine Jackentasche und seine Finger umschlossen die kleine rote Kiste. Er zögerte, war sich nicht sicher, ob er das wagen sollte. Was, wenn er die Ringe ebenfalls verspielte? Dann brauchte er sich bei Claudia nicht mehr blicken lassen. Das durfte nicht passieren. Langsam zog er seine Hand wieder aus der Tasche.

„Ich hätte da eine Idee für einen Einsatz", sagte der Hütchenspieler, nachdem er Sven eine Weile gemustert hatte. „Und ich meine nicht die Ringe in ihrer Tasche."

Sven blickte den Mann fragend an. „Woher wissen Sie, was ich in meiner Tasche habe?", fragte er völlig überrascht.

„Wenn Sie wüssten, was ich alles weiß", sagte der Mann mit seiner zischelnden Zunge. Sein Lächeln hatte sich in ein starres Grinsen verwandelt. Wieder blitze der Schneidezahn und diesmal lag etwas Düsteres im Gesicht des Hütchenspielers. Etwas, dass Sven beängstigte.

„Mir würde als Einsatz eine ihrer Erinnerungen reichen", sagte er.

Svens fragender Blick verlief langsam wie ein Eis in der warmen Sonne und formte sich neu zu einem verwirrten Staunen. Er war von dem Angebot so überrumpelt, dass ihm im ersten Augenblick keine passende Antwort einfiel.

„Sehen sie", begann der Hütchenspieler, „jeder Mensch besitzt tausende von Erinnerungen. Und ich verlange als Einsatz nur eine einzige, die ich mir selber aussuche. Was meinen Sie?"

Sven dachte nochmals darüber nach und kam zu dem Schluss, dass der Mann verrückt sein musste. Und Verrückte konnte man leicht austricksen. Sven willigte ein, weil er wusste, dass der Hütchenspieler, der anscheinend ein verrückter Hütchenspieler war, keine seiner Erinnerungen bekommen konnte. Das war schlichtweg unmöglich.

„Einverstanden", sagte er schließlich. „Wenn ich gewinne, bekomme ich meine hundert Euro zurück, plus hundert von Ihnen."

„So ist es. Abgemacht", sagte der Mann und reichte Sven die Hand. Während er die langgliedrigen Finger berührte, spürte er einen unangenehmen Druck hinter der Stirn. Als würde ein Wurm durch seinen Kopf kriechen und ihn mit Tentakeln von innen abtasten.

Der Hütchenspieler legte die Kugel unter die mittlere Schale und begann das Spiel von vorne. Gekonnt schob er die Hütchen durcheinander und verfiel wieder in seinen merkwürdigen Singsang. Sven hatte Mühe ihm zu folgen, war aber überzeugt, dass er die richtige im Blick hatte.

„Ok, welche ist es?", sagte der Mann schließlich. Trotz Svens Überzeugung zitterte sein Finger, als er auf das Hütchen in der Mitte deutete. Dann war er sich für den Bruchteil einer Sekunde unsicher, blieb aber bei seiner Entscheidung. Die Kugel befand sich nicht dort.

„Danke", sagte der Mann und grinste. Seine Augen funkelten dunkel in dem hellen Sonnenlicht.

Sven dachte an seinen Einsatz, den er verloren hatte. Selbst wenn der Mann tatsächlich eine seiner Erinnerungen erbeutet haben sollte, wäre das nur eine von Zigtausend, so wie es der Hütchenspieler gesagt hatte. Nur, dass Sven nicht daran glaubte. Er meinte gut davon gekommen zu sein und wollte schnell weg, bevor der Hütchenspieler es sich anders überlegte.

Während er weiter durch die Fußgängerzone schlenderte, betrachtete er wieder die Auslagen in den Geschäften. Er vermisste zwar schmerzlich seine hundert Euro, trotzdem war es stolz, nicht wieder seiner ehemaligen Spielsucht verfallen zu sein.

Plötzlich blieb er stehen. Sven hatte in seiner Tasche ein Kästchen entdeckt. Als er es öffnete, betrachtete er erstaunt zwei Ringe, die er noch nie zuvor gesehen hatte und dessen Bedeutung er nicht kannte.

Braune Augen

Kati las das verblasste Schild, das vor dem schmutzigen Zelt hing, laut vor:

„Emilia sagt dir die Zukunft voraus. Komm herein und überzeuge dich selbst!"

Sie hielt sich die Hand vor den Mund und kicherte. Kati glaubte nicht an solchen Hokuspokus. Schon gar nicht, wenn man dafür fünf Euro berappen musste. Aber sie wollte sich den Spaß gönnen. Die fünf Euro würden sie nicht arm machen. Außerdem hatte sie in letzter Zeit eine Glückssträhne. Erst vor einer Woche hatte sie einen netten jungen Mann kennengelernt, der sie an ihrem sechsundzwanzigsten Geburtstag, den sie alleine in ihrer Lieblingskneipe verbringen musste, höflich angesprochen hatte. Der Funke war sofort übergesprungen und zwei Tage später waren sie ein Paar.

Einen Tag nach dem Treffen bekam sie per Einschreiben die Zusage für ihre neue Stelle mit doppeltem Gehalt. Also, was waren da schon fünf Mäuse.

Sie schob den speckigen, grauen Vorhang zur Seite und bereute sofort ihn angefasst zu haben. Der Raum dahinter war düster und klein. In der Mitte stand ein niedriger, runder Holztisch, an dem zwei unbequem wirkende Stühle standen. Über die Tischplatte hatte jemand eine Decke gelegt, die zu Katis Erstaunen blütenweiß war. Auf dieser Decke lag etwas Rundes, das mit einem dunklen Tuch abgedeckt war. Die einzigen Lichtquellen waren helle Kerzen, die anscheinend willkürlich verteilt im Zelt standen. Es roch nach feuchter Erde, kaltem Zigarettenqualm und Räucherstäbchen.

Kati trat an den Tisch und betrachtete das Tuch. Sie streckte gerade ihre Hand danach aus, als sie eine Stimme hörte, die aus einer dunklen Ecke im Raum kam. Katis Hand zuckte zurück.

„Guten Tag, meine Liebe", sagte diese verrauchte, kratzende Stimme. Eine alte Frau mit grünem Kopftuch stand auf einmal neben ihr, als wäre sie aus einem der zuckenden Schatten gewachsen.

„Setz dich, ich werde dir etwas über deine Zukunft erzählen."

Kati fühlte sich in Gegenwart der Frau unwohl. Eine merkwürdige Aura ging von ihr aus; etwas Kaltes, das neckend über ihre Wange strich. Aber vielleicht war es auch nur ihr Knoblauchatem. Trotzdem gehorchte Kati. Die Wahrsagerin, die ihr nun gegenübersaß, zog das Tuch herunter und entblößte eine gläserne Kugel, in der ein helles Licht pulsierte. Sie legte beide Hände auf das Glas und das Licht wurde dunkler. Dann begann die Frau zu summen. Kati presste die Lippen fest aufeinander und ihre Hände ballten sich gegen ihren Willen zu Fäusten.

„Oooohh", stöhnte die Wahrsagerin mit geschlossenen Augen, dann starrte sie in die Kugel.

„Ich sehe großes Unheil auf dich zukommen. Und … braune Augen. Böse, braune Augen. Hüte dich vor diesen braunen Augen, meine Liebe. Sie wollen dir wehtun."

„Warum … wem gehören diese braunen Augen?", fragte Kati. Doch die Frau schüttelte nur den Kopf. „Das kann ich leider nicht sehen, meine Liebe. Tut mir leid."

Das Licht in der Kugel wurde heller und das Pulsieren verschwand völlig. Die Frau legte sorgfältig das Tuch darüber und lächelte: „Macht fünf Euro, meine Liebe."

Nach dem Besuch bei der Wahrsagerin schlenderte Kati noch eine Weile gedankenverloren über die Kirmes. Sie fuhr einmal mit dem Booster, kaufte sich eine Tüte gebrannte Mandeln und ging nach Hause. Als sie dort ihre Tür aufschloss, hatte sie die Warnung vor den braunen Augen schon fast vergessen.

Sie hängte ihre Jacke an die Garderobe. Bobby, ihr Schäferhund-Mischling, kam mit wedelndem Schwanz angerannt. Während sie in die Knie ging, um ihn zu begrüßen, schleckte er ihr mit seiner rauen Zunge über das Gesicht.

„Nicht Bobby, lass das", sagte sie lachend und kraulte sein Fell. Dann schlenderte sie mit ihm zusammen in die kleine Küche, um das Abendessen zu zubereiten. Sie wollte Lammragout kochen, mit einem kleinen Salat. Dazu würde sie eine Flasche Rotwein öffnen, denn um neunzehn Uhr sollte Frank zum Essen erscheinen. Lammragout war sein Leibgericht.

Kati hatte gerade die letzte Kerze angezündet und das Licht gedimmt, als es an der Haustür schellte.

„Ich komme gleich, einen Moment bitte", rief sie und entledigte sich ihrer Schürze, die sie in die Spüle warf. Dann ging sie zur Tür und schielte durch den Spion. Frank stand davor. Er lächelte. Katis Herz begann vor Freude, Purzelbäume zu schlagen, denn heute würde sie sich ihm hingeben. Da war sie sich ganz sicher. Heute passierte es.

Kati drückte noch einmal ihre hochgesteckten dunklen Haare zurecht, zupfte an ihrem kurzen, roten Kleid, dann öffnete sie die Tür ... dann versagte ihr die Stimme.

Frank trug einen schicken Anzug mit Krawatte und streckte ihr einen riesigen Blumenstrauß entgegen, über den er sie schelmisch hinweg anlächelte. „Für die schönste Frau der Welt", hauchte er. Kati fühlte, wie ihr die Knie weich wurden und hatte Mühe nicht umzukippen.

Reiß dich zusammen, blöde Kuh, dachte sie.

Nachdem sie den gigantischen Blumenstrauß in eine ebenso gigantische Vase gepackt hatte, saßen sich die beiden am Tisch gegenüber. Ihr Herz galoppierte immer noch, beruhigte sich aber langsam. Während sie das Lammragout verspeisten, berichtete Frank von seinem Tag; wie er als Chef in seiner eigenen Firma alles unter Kontrolle hatte und wie er heute seinen eigenen Rekord beim Joggen brechen konnte. Bobby lag in seinem Körbchen und beobachtete sie aufmerksam. Seine Schnauze ruhte auf den Pfoten und er hatte die Ohren aufgestellt.

„So, nun habe ich aber genug von mir erzählt. Wie war denn eigentlich dein Tag?", fragte Frank und nahm einen großen Schluck Rotwein. Er stellte das Glas zurück und musterte sie mit seinen großen, braunen Augen, in denen Kati zu versinken drohte. Nervös spielte sie mit ihrem Armband.

„Mein Tag", begann sie, „war nicht halb so aufregend wie deiner. Ich war auf der Kirmes und habe mir von einer Wahrsagerin aus einer gläsernen Kugel die Zukunft voraussagen lassen." Sie lächelte verlegen.

„Blöd was?"

„Nein, keinesfalls", sagte Frank. „Was hat die Kugel denn erzählt?", fragte er völlig ernst.

„Nun ja, sie meinte ich sollte mich vor …“, dann brach sie ab. Kati konnte nicht weiter erzählen, während sie den Blick von seinen braunen Augen abwendete. Diese wunderbaren braunen Augen.

Frank musterte sie skeptisch.

„Na ja, ist ja auch egal“, sagte er. Dann griff er in die Innentasche seiner Jacke und zog einen in Geschenkpapier gewickelten, länglichen Karton heraus. Er legte ihn auf den Tisch.

„Ich habe noch eine Überraschung für dich. Die gibt es zum Nachtisch, Süße“, sagte er und stand auf. „Ich gehe mich noch etwas frisch machen, bin gleich wieder da.“ Mit den Worten stand er auf, küsste ihre Stirn und verschwand auf den Flur.

Warum sind mir die braunen Augen wieder eingefallen? fragte sich Kati. Sie versuchte, sich mit dem Päckchen abzulenken, indem sie sich überlegte, was dort drinnen verborgen sein könnte. Sie tippte auf eine Uhr, oder ein Armband. Also, wie konnte ein Mann, der ihr solch ein Geschenk machen wollte, böse sein.

Hüte dich vor diesen braunen Augen…

Kati sprang auf und nahm es in die Hand. Sie wollte nun wissen was drin war. Dann hörte sie hinter sich das Knurren. Sie erschrak und ließ das Geschenk fallen. Als sie sich umdrehte sah sie Bobby; er lag nicht mehr, sondern stand mit gesträubten Fell vor der Spüle. Seine braunen Augen fixierten sie. Er hatte die Zähne gefletscht und Speichel tropfte von seinen Lefzen.

„Bobby, was ist mit dir los?“, stotterte Kati, während sie vorsichtig rückwärts Richtung Flur schritt. Bobby folgte ihr langsam. Kati stolperte über ihre High Heels und stürzte. Bobby kam zähnefletschend näher.

Braune Augen, dachte sie. *Mein Gott, seine braunen Augen*. Sie kroch auf ihrem Hintern rückwärts Richtung Flur, wobei sie aus den Augenwinkeln das Geschenk auf dem Boden liegen sah. Der Deckel war abgefallen und etwas glänzte in seinem Inneren. Doch es war keine Uhr, auch kein Armband, es war…. Bobby kam knurrend näher und Kati glaubte den Verstand zu verlieren.

„Oh, wie ich sehe hast du mein Geschenk schon geöffnet. Na, dann können wir ja anfangen", sagte Frank, der zurück war.

Kati drehte sich um und erstarrte.

„Oink, oink. Lass uns beide eine kleine Sauerei machen", grunzte er, wobei er sich eine Schweinemaske aus Gummi über das Gesicht gezogen hatte. Er bückte sich, nahm das Skalpell aus der Geschenkschachtel, packte Kati an den Haaren und sie blickte in braune Augen, die wie groteske Todesboten aus der Maske hervorstachen. Das war der Moment in dem Bobby sprang. Seine Zähne verbissen sich in der Schweinemaske und rissen Frank nach hinten. Dabei schlug er so hart auf die Fliesen, dass er das Bewusstsein verlor.

Kati starrte entsetzt auf den Irren mit der blutverschmierten Maske. Ihre Hände zitterten. Dann schlang sie die Arme um den Hals ihres Hundes, der ihr gerade das Leben gerettet hatte und drückte ihn fest an sich. Dabei blickte sie ihm dankbar in seine treuen, braunen Augen und das Zittern verschwand.

Der Telefonanruf

Marc stand unter der Dusche als das Telefon klingelte. Er summte gerade eine Melodie, die er beim Frühstück im Radio gehört hatte. Erst nach einigen Läuten nahm er es wahr.

„Verdammt, das gibt es doch nicht", schrie er, stellte das dampfende Wasser ab und sprang aus der Duschkabine. Er griff sich ein Handtuch, das auf dem Waschbecken lag, wickelte es um seine Hüften, rutschte dabei fluchend aus und humpelte in den Flur. Wütend ergriff er den Hörer.

„Ja, was ist denn?", maulte er hinein. Zuerst meldete sich am anderen Ende der Leitung niemand. Doch nach einer unangenehmen Stille sprach eine zitternde Stimme zu ihm.

„Marc? Marc … bist du das?"

„Wer will das wissen?", blaffte er. Wieder diese Stille. Marc wollte gerade wutentbrannt auflegen, als die Person am anderen Ende endlich antwortete.

„Du … du willst das wissen."

Marc erstarrte mit dem Hörer in der Hand. Er war im ersten Moment sprachlos. Dann sagte er: „Hören Sie Freundchen, wollen Sie mich verarschen? Ich habe gefragt wer Sie sind?"

„Und ich habe dir geantwortet, dass ich du bin. Wir beide sind die gleiche Person."

Wieder wäre ihm beinahe der Hörer entglitten. Sein Handtuch rutschte und er zog es umständlich hoch.

„Ich habe keine Zeit für solche Späße…", begann Marc, doch die Stimme unterbrach ihn.

„Ich weiß, du hast gerade geduscht. Und während du mit dir selber telefonierst, bist du redlich bemüht, dein blaues Duschtuch auf deinen runden Hüften zu halten. Aber du solltest mir glauben, denn es geht um dein Leben."

„Um mein Leben? Was reden Sie denn da?"

„Dir wird heute etwas zustoßen. Du musst mir vertrauen und Maßnahmen treffen."

„Rede doch nicht so einen Scheiß", sagte Marc und war, ohne es zu wollen, zum Du übergegangen. „Mir ist zwar nicht klar woher du weißt, dass ich gerade unter der Dusche gestanden habe und mir nun ein blaues Handtuch um die Hüften baumelt, aber ich glaube ich werde die Polizei rufen, wenn du mich noch weiter belästigst."

Marc schaute verstohlen zum Fenster, ob ihn vielleicht jemand von außen beobachten könnte. Doch er kam schnell zu dem Entschluss, dass dies nicht möglich sei, da er im ersten Stock wohnt und der Anrufer dafür in einem Baum sitzen müsste. Trotzdem kam ihm die Stimme verdammt vertraut vor. Und die Art wie sie sprach. Etwas in ihrem Klang hielt ihn davon ab sofort aufzulegen.

„Hör mir genau zu", sagte die nervöse Stimme. „Du wirst heute Besuch bekommen. Lass ihn nicht herein. Du musst ihn abwimmeln, hörst du?"

„Ich lass mir doch von einem Irren keine Vorschriften machen. Belästige gefälligst andere Leute, du Arschloch. Ich lege jetzt auf. Auf nimmer wieder hören."

„Nein, nicht aufl...", kreischte die Stimme, dann drückte Marc die Taste mit dem roten Hörer und eine angenehme Stille erfüllte den Flur. Eine Zeit lang stand er einfach nur da und starrte aus dem Fenster. Dann ging er sich anziehen.

Am Nachmittag saß er in seinem Lieblingssessel und las die Tageszeitung. Ein Bericht stach ihm dabei besonders ins Auge, doch bevor er ihn lesen konnte schellte es an der Tür. Er legte Zeitung und Lesebrille auf den Couchtisch und tappte auf Socken in den Flur. Dort blickte er durch den Spion in das Treppenhaus. Vor der Tür stand ein Mann in einem Arbeitsanzug, der einen Werkzeugkoffer in der Hand hielt.

„Firma Staas-Elektro. Wir haben einen Termin wegen der Waschmaschine", rief er Marc zu. Die Waschmaschine sollte repariert werden. „Aber der Termin ist doch erst morgen", rief Marc. „Ich weiß", antwortete der Handwerker. „Mir ist heute ein Kunde ausgefallen. Da habe ich Sie vorgeschoben."

„Das ist ja prima", sagte Marc und öffnete die Tür. Der Elektriker war groß und schlaksig. Er streckte Marc zur Begrüßung eine schmutzige Hand entgegen.

„Kommen Sie rein. Die Maschine steht dort hinten im Badezimmer." Marc führte den Mann durch den Flur zum Bad. „Hier steht das gute Stück", sagte er und deutet in die Ecke.

„Alles klar. Das kriegen wir schon hin", sagte der Mann. Er kaute auf einem Zahnstocher herum und grinste. Dann schob er seine speckige Schirmmütze aus der Stirn und stellte immer noch grinsend sein Werkzeug ab.

„Ich schaue mir das gute Stück mal an."

„Ok", sagte Marc. „Ich bin in der Stube, falls Sie mich brauchen."

„Okidoki", nuschelte er und streifte sich dunkle Arbeitshandschuhe über.

Marc verließ das Badezimmer und setzte sich wieder in seinen Sessel. Dann musste er an den Anruf denken. Und daran, dass ihm die Stimme so bekannt vorkam. Er wusste nur nicht wieso. Und warum sollte er nicht den Handwerker ins Haus lassen? Oder würde ihn heute noch jemand besuchen? Während er darüber nachdachte stand der Mann plötzlich vor ihm. Er hielt einen langen Schraubendreher in der Hand und stierte Marc an.

„Ist alles in Ordnung?", fragte Marc. Der Elektriker machte ihn nervös. Er schien übermüdet, unter seinen Augen trug er große Tränensäcke. Mit seinen schmutzigen Fingern drehte er den Schraubendreher hin und her.

„Ich suche den Sicherungskasten", sagte er schließlich. „Ach so. Dann kommen Sie mal", antwortete Marc und war erleichtert. Während er ihn durch den Flur zur Stromverteilung führte, blieb der Fremde dicht hinter ihm. Marc roch seinen Knoblauchatem.

„Danke. Ich rufe Sie, wenn ich nochmal Hilfe brauche."

Darüber war Marc sehr froh. Irgendwie kam ihm der Typ nicht geheuer vor. Hatte der Irre am Telefon etwa doch Recht? Marc schloss zur Sicherheit die Stubentür ab, bevor er sich zurück in seinen Sessel setzte.

Er nahm die Zeitung, schlug sie auf und wollte den Artikel mit der Überschrift „Die Polizei rät" lesen, als es an der Tür klopfte. Marc zuckte zusammen.

„Hey, sind Sie da drinnen? Wieso schließen Sie sich denn ein?", fragte er durch die geschlossene Tür. Einen kurzen Moment zögerte Marc. Er betrachtete das Telefon auf dem Tisch.

„Hallo? Sind Sie da drin?". Er klopfte mit dem Schraubendreher an die Tür.

„Ich komme", sagte Marc zögerlich, dann öffnete er die Tür.

„Sie brauchen sich nicht einschließen. Ich beiße nicht", nuschelte er und präsentierte ein haiartiges Grinsen. „Bin jetzt fertig. Wir können sie ausprobieren."

„Schon fertig? Man Sie sind ja fix."

„Fix ist mein zweiter Vorname", erwiderte er und das Grinsen wurde noch breiter.

Marc nahm eine Wanne Wäsche mit, um die Maschine einmal laufen zu lassen. Im Badezimmer stopfte er sie in die Trommel. Dabei stellte sich der Mann direkt hinter Marc. In seinen behandschuhten Händen hielt er immer noch den Schraubendreher.

„So, die Wäsche ist drin", sagte Marc und drehte sich um.

„Anschalten", befahl der Handwerker und trat einen Schritt zurück. Marc drückte den Knopf und die Maschine fing an zu arbeiten.

„Na endlich", triumphierte er. Dann sah er die eingedrückte, beschädigte Stelle an der Maschine. Der Lack war abgerieben.

„Sie haben meine Maschine demoliert", sagte er zornig und griff an die blanke Stelle. Der Stromschlag, den er dabei erhielt, brachte sein Herz augenblicklich zum Stillstand.

„Volltreffer", sagte der Mann und wartete kurz. Dann begann er die Zimmer, ohne sie durcheinander zu bringen, nach Wertgegenständen zu durchsuchen. Die packte er in seine Werkzeugkiste, in der nur drei Schraubendreher lagen und verließ ungesehen die Wohnung.

In dem Zeitungsartikel, den Marc lesen wollte, wurde vor dieser Masche gewarnt. Der Mann hatte bei verschieden Elektrikerfirmen die Telefonanrufe der Kunden mitgeschnitten und sich einen Tag vorher bei ihnen vorgestellt, um sie durch einen „Elektrounfall" zu beseitigen. Dann hatte er ungestört die Wohnung ausrauben können. Alles sah tatsächlich nach einem Unfall aus. Die Masche war aufgeflogen. Für Marc kam der Hinweis aber leider zu spät.

Er erwachte in einem hellen Raum, in dem er auf einem Stuhl saß. Ihm gegenüber hockte ein weißbärtiger, alter Mann an einem Tisch. Auf dem Tisch stand ein Telefon mit Drehscheibe. Der Weißbärtige lächelte Marc an.

„Wo bin ich", fragte er.

„Im Wartezimmer", sagte der Alte.

„In was für einem Wartezimmer?"

„Ich glaube, das weißt du sehr gut", antwortete der Alte und deutete auf eine Tür über der ein Schild mit der Aufschrift „Endstation" prangte.

„Du hast einen Anruf frei, dann musst du dort hindurch", sagte der Alte und deutete auf die Tür. „Nur ein Versuch, alles zu ändern."

Marc war völlig durcheinander. Dann erinnerte er sich an den merkwürdigen Anruf, den er am Morgen erhalten hatte. Er nahm den Hörer ab und wählte eine Nummer. Nach einigen Tuten meldete sich eine schlecht gelaunte Stimme: „Ja, was ist denn?"

Er dachte angestrengt darüber nach, was er sich selber heute Morgen erzählt hatte.

„Marc? Marc … bist du das?"

Er wollte es dieses Mal besser machen und seinem noch quicklebendigem Ich erklären, wie er sich retten kann. Doch bevor es dazu kam, legte der lebende Marc wieder auf.

Der Alte lächelte und deutete auf die Tür.

„Vielleicht beim nächsten Mal", sagte er.

Die Kellertreppe

„Der Keller ist und bleibt tabu. Die Treppe ist steil, man kann sich schnell das Kreuz brechen. Hast du das verstanden, Kind?", hatte die alte Nachbarin Kiki eingebläut, bevor sie das Haus verlassen hatte. Kiki hatte brav genickt und gelächelt, obwohl sie es hasste, Kind genannt zu werden.

Ihre Eltern hatten sie am späten Nachmittag gegen ihren Willen zu ihrer Nachbarin gebracht. „Sei bitte lieb zu der guten Frau", hatten sie ihr mit auf den Weg gegeben. Kikis Tante, die normalerweise auf sie aufpasste, wenn ihre Eltern ausgingen, war kurzfristig krank geworden. Kiki mochte ihre Nachbarin nicht. Irgendwie war die schrullige Alte ihr unheimlich. Nachdem sich ihre Eltern von ihr verabschiedet und sie ihnen nachgesehen hatte, wie sie Hand in Hand zum Auto geschlendert waren, um dann Richtung Restaurant zu verschwinden, hatte die Nachbarin ekelhaft gegrinst. Sie hatte doch allen Ernstes gefragt, ob sie ihr später Hänsel und Gretel vorlesen solle. Dies wäre ihre Lieblingsgeschichte und die würden doch alle Kinder mögen. *Das ist was für Babys, alte Schachtel*, hatte Kiki gedacht, nicht gesagt. Kurz darauf war die Alte mit ihrem Fahrrad zum Supermarkt gefahren. Fürs Abendessen einkaufen.

Nun saß Kiki auf einem wackeligen Küchenstuhl, tippte lustlos auf ihrem Handy herum, beobachtete die Kellertür und wartete auf den Anruf einer Freundin.

Warum sollte sie dort nicht hinunter gehen? Lag es wirklich an der steilen Treppe, oder verbarg die alte Frau dort ein Geheimnis? Da zehnjährige Mädchen seit jeher neugierig waren, stand sie auf, schob ihr Handy in die Gesäßtasche und durchquerte die Küche. Die letzten Strahlen der roten Oktobersonne fielen sanft auf das verblichene Linoleum und erzeugten lange, krakelige Schatten, die auf Kiki unheimlich wirkten.

Doch sie wollte wissen, weshalb ihre muffelige Nachbarin wegen des Kellers so einen Aufstand machte. Zwanzig Minuten blieben ihr, dann würde die Alte vom Einkaufen zurückkehren.

Die Kellertür war nicht abgeschlossen. Sie schwang geräuschlos auf. Ein säuerlicher Geruch stieg ihr von unten her in die Nase. Die Holztreppe, die vor ihr in die Dunkelheit führte, war tatsächlich steil. Und sah nicht mehr taufrisch aus. Trotzdem wollte Kiki wissen, was sich dort unten verbarg. Sie zog die Tür hinter sich zu, betätigte die Taschenlampenfunktion an ihrem Handy und stieg vorsichtig die Stufen nach unten.

Der Keller war ein einziger, großer Raum mit niedriger Decke. Es sah wüst aus dort unten. Zerbrochene Gartenstühle, eine ausgeschlachtete Waschmaschine, Zeitschriftenberge, alte Spielsachen und dutzende blaue Säcke, gefüllt mit miefenden Klamotten, lagen überall herum. Als Kiki die aus rotem Klinker gemauerten Wände betrachtete, sah sie ein Regal, auf dem Nahrungsmittel lagerten. Die meisten bestanden aus Konservendosen. Das kam ihr komisch vor, denn ihres Wissens nach, kochten Omis doch eigentlich immer alles frisch. So wie ihre Eigene es immer tat, wenn sie bei ihr zu Besuch war.

An der hinteren Wand entdeckte sie etwas weitaus Interessanteres; einen knapp zwei Meter hohen, gusseisernen Backofen. *Wofür braucht die den denn?* dachte Kiki.

Sie hielt sich die Nase zu und tauchte durch das Meer von Säcken. Ihr ekelte vor den muffigen Klamotten, die teilweise aus aufgerissenen Tüten herausragten. Als sie erleichtert die andere Seite erreicht hatte, legte sie eine Hand auf die dunkle Oberfläche des Ofens. Sie war noch warm. Durch die Schlitze an der eisernen Tür auf der Vorderseite konnte sie noch einige glühende Kohlestücke entdecken. Plötzlich dachte sie an Hänsel und Gretel und … an die Hexe. Dann sah sie die mit Kleidungsstücken gefüllten Säcke an und ihr schauderte.

Was, wenn die Alte ebenfalls eine Hexe ist, dachte Kiki. „Soll ich dir nachher Hänsel und Gretel vorlesen?", hatte sie gefragt. Auf einmal kam ihr der Gedanke sogar äußerst logisch vor und sie fragte sich, weshalb ihr das nicht schon früher aufgefallen war. Diese knubbelige Nase, die langen grauen Haare … und vor allem, die dicke Warze mit den ekligen dunklen Haaren auf ihrer Wange. Und ging sie nicht sogar leicht gebückt? Befanden sich in den Säcken die Sachen verspeister Kinder? Viele Fragen, die in ihrem Kopf Achterbahn fuhren.

Drei Meter neben dem Ofen stand eine Kühltruhe. Sie war durch ein Vorhängeschloss gesichert. Kiki rüttelte daran, doch es blieb verschlossen. Sie konnte sich nicht erklären, warum man eine stinknormale Kühltruhe mit einem Vorhängeschloss sicherte. Dann knallte oben eine Tür und sie hörte Schritte. Kurz darauf rief Jemand ihren Namen. Die Kellertür wurde grob aufgerissen und das Licht angeschaltet.

Mist, ich sitze wie die Maus in der Falle, dachte sie und suchte hastig nach einem passenden Versteck. *Nicht auszudenken, wenn sie mich hier unten findet.*

„Verdammt, wo steckt das Kind denn bloß? Ich muss das Abendessen vorbereiten. Ohne sie wird das nichts", krähte die Alte, während sie die Treppe hinabpolterte. Vor dem Ozean aus blauen Säcken blieb sie stehen und schaute sich um. „Verdammt", wiederholte sie und kämpfte sich bis zur Gefriertruhe vor.

Sie zog klirrend ein großes Schlüsselbund aus ihrer Schürze, suchte den passenden und öffnete das Schloss an der Truhe. Kiki, die unter zwei Säcken verborgen lag, konnte nicht erkennen, was die Frau dort machte. Sie sah die Alte lächeln. Dann legte sie etwas hinein, schlug den Deckel wieder zu und schloss ab.

Murmelnd wühlte sie sich zurück durch die Säcke und blieb direkt neben Kiki stehen. Die lugte unter den Säcken hervor und sah, dass die Alte mit scharfem Blick die Umgebung abtastete. Kiki war sich sogar sicher, dass sie ihre Nase in die Luft reckte und witterte. Kikis Hände begannen zu schwitzen. Sie konnte ihr eigenes Blut in den Ohren pulsieren hören. Für einen winzigen Augenblick schaute ihre Nachbarin in Kikis Richtung, dann schüttelte sie den Kopf, murmelte erneut und schlurfte weiter.

Als Kiki die Stufen knarzen hörte, schob sie die Säcke beiseite und verließ eilig ihr Versteck. Sie schlich leise zur Treppe. Am Fuße verharrte sie und spähte vorsichtig nach oben. Die Alte schleppte sich schwerfällig Richtung Tür. Als sie auf der Hälfte der Treppe angekommen war, folgte Kiki ihr. Leise. Dabei spulte ein Film vor ihrem geistigen Auge ab: Die alte Nachbarin schob ein zappelndes Kind in den Ofen.

Lagen die nächsten Opfer vielleicht schon in der Kühltruhe? Geknebelt und gefesselt? Dieser Gedanke setzte sich hartnäckig in ihrem Kopf fest.

Das konnte sie unmöglich zulassen, sie musste handeln. Entschlossen schlich sie weiter und erreichte kurz vor der Tür die Frau. Kiki streckte die Hand nach ihr aus. Ihre Finger zitterten. Was zum Teufel sollte sie jetzt tun? Sie wusste es nicht. Kiki zog die Hand wieder zurück, weil sie die Idee doch für verrückt hielt. Sie hatte halt eine blühende Phantasie, das behaupteten zumindest immer ihre Eltern. Es gab keine Hexen, das wusste doch jedes Baby.

Dann klingelte ihr Handy und die Alte wirbelte auf dem Absatz herum. „Du…", sagte sie erschrocken und als Kiki die Warze auf der Wange sah, groß, dunkel und haarig, griff sie reflexhaft nach der Schürze und ruckte so heftig, von Panik begleitet, daran, dass die Frau das Gleichgewicht verlor und mit lautem Gepolter die steile Treppe hinabstürzte. Knackend schlug sie auf den kargen Betonboden, wirbelte Staub auf und blieb unnatürlich verdreht liegen.

Kiki war wie gelähmt, sie wollte schreien doch ihre Kehle war wie zugeschnürt. Das Handy klingelte immer noch. Auf dem Display blinkte der Name Nadine auf; der langersehnte Anruf ihrer Freundin. Nur im falschen Augenblick.

Dann löste sie sich aus ihrer Schockstarre, schaltete das Handy aus und stieg langsam die Treppe hinab. Sie hockte sich neben die Frau, mit ausreichend Abstand, sodass sie nicht von einer hervorschnellenden Hand gepackt werden konnte. Doch die Alte schien tot zu sein.

Ohne das Gesicht der Frau aus den Augen zulassen, nahm sie ihr den Schlüsselbund ab. Sie wühlte sich abermals durch die Säcke und blieb vor der Truhe stehen. Von dort aus blickte sie nochmals zu der Frau am Boden, doch die regte sich nicht.

Kikis Hände zitterten, während sie den richtigen Schlüssel suchte. Beim dritten hatte sie Erfolg. Das Schloss öffnete sich. Doch als sie den Deckel anheben wollte, fühlte sie sich beobachtet. Mit hämmerndem Herzen schaute sie wieder zu der Frau zurück. Die hatte sich jedoch nicht bewegt. Blut sickerte mittlerweile aus ihrem Schädel und verteilte sich auf dem Beton.

Kiki nahm all ihren Mut zusammen und öffnete die Truhe. Und als sie sah, was sich dort drinnen befand, konnte sie doch noch schreien. So verzweifelt, wie sie noch nie in ihrem Leben geschrien hatte. Denn in der Truhe lagen nur verpackte Brote. Kleine Brote, lange Brote, kurze Brote, dicke Brote.

Nichts als Brote, keine Kinder.

Für immer und ewig

Albrecht stopfte sich mit von Gicht geplagten Fingern eine Pfeife. Er saß auf dem Balkon am Westflügel seines riesigen Anwesens, von dem aus man einen imposanten Ausblick auf den gepflegten Garten mit seinen zahllosen Steinfiguren hatte. Ein roter Feuerball versank im Zeitlupentempo am wolkenlosen, purpurnen Horizont. In einer guten Stunde würden Heerscharen von Zikaden ihr abendliches Konzert anstimmen. Bei dem Gedanken daran huschte ein seltenes Lächeln über sein altes Gesicht.

Vor zwei Jahren war seine geliebte Klara verstorben, mit der er so viel Zeit auf diesem Balkon verbracht hatte. Die letzten Monate waren die einsamsten seines Lebens gewesen. Eine schreckliche Zeit, in der sein Lebensmut wie eine Primel im Wüstensand verendet war.

Während er an der angesteckten Pfeife sog, versank der Rest der Sonne in der dunklen Erde auf der anderen Seite der Welt. Eine kühle, angenehme Dunkelheit überzog das Land. Die Zikaden gaben ihr Bestes.

Nach Klaras Tod hatte Albrechts fürsorgliche Tochter eine Haushälterin für ihn besorgt. Anfänglich war sie nur tagsüber bei ihm gewesen. Als sich sein Gesundheitszustand schnell verschlechterte, zog Angelika, die Haushaltskraft, komplett bei ihm ein. Vor einem halben Jahr hatten sie geheiratet. Nicht weil er sie liebte, er liebte immer noch Klara, sondern weil er Angst vor dem Alleinsein hatte. Mit der Heirat wollte er Angelika an sich binden.

Während die Sterne ihre glitzernde Pracht über das Himmelszelt verstreuten, stand Albrecht auf, klopfte seine Pfeife im Aschenbecher aus, nahm seinen Gehstock und hinkte hinein. Als er im Begriff war, die Terrassentür zu schließen, streifte ein kalter Luftzug seine Wange. Sofort stellten sich seine Nackenhaare auf. Kurz darauf fiel das Hochzeitsbild von Angelika und Albrecht um. Es befand sich direkt neben dem mit seiner Klara.

Es war nicht das erste Mal in letzter Zeit, in der ihm solch merkwürdige Dinge passierten. Angelika hatte er davon nichts erzählt. Albrecht hatte Angst, sie würde ihn für verrückt erklären und verschwinden.

„Da bist du ja. Ich habe dich schon gesucht. Es wird Zeit ins Bett zu gehen, Albrecht. Ich werde dir zwei kühle Umschläge für die Beine machen", sagte Angelika, die an der Tür der Bibliothek stand, an die der Balkon grenzte. Sie machte auf klackernden Absätzen kehrt und verschwand.

Angelika war halb so alt wie Albrecht und verdammt hübsch. Trotzdem hatte er bisher nicht mit ihr geschlafen. Er begehrte sie nicht. Das Einzige, was er wollte, war jemand in seiner Nähe, um der Einsamkeit ein Schnippchen zu schlagen.

Albrecht schritt über den langen Flurkorridor und betrat das prachtvolle Badezimmer. Er stellte den Stock zur Seite, lehnte sich auf das Waschbecken und betrachtete seine müden Augen im Spiegel. Und wieder war da dieses Gefühl, als wäre noch jemand mit im Raum. Albrecht drehte sich um und versuchte irgendetwas Ungewöhnliches in dem hell erleuchteten Badezimmer zu erspähen. Doch es gab nichts zu erspähen. Seit einiger Zeit hatte sich bei ihm die Angewohnheit eingeschlichen, überall das Licht einzuschalten. Er fürchtete die Dunkelheit.

Eine Stunde später lag Albrecht mit gefalteten Händen im Bett und starrte an die Decke. Die feuchten Umschläge kühlten seine Waden und beruhigten das Pochen in den Adern. Angelika lag neben ihm und blätterte in einer Zeitschrift.

„Hast du deine Herztabletten genommen? Du weißt ja, in letzter Zeit macht es vermehrt Probleme", sagte sie.

„Natürlich", antwortete Albrecht, ohne den Blick von der Decke abzuwenden. Dann schaltete Angelika das Licht aus.

Spät in der Nacht wachte Albrecht auf. Er glaubte, seine Beine hätten wieder zu Pochen begonnen, aber das war nicht der Grund des verfrühten Erwachens. Da war ein seltsames Geräusch, das ihn aufhorchen ließ.

Albrecht nahm die Brille vom Nachttisch, stützte sich auf den Stock und ging leise auf den Flur. Dort schaltete er sofort jegliche Beleuchtung an. Verschlafen blickte er sich um und lauschte. Das einzige Geräusch, das er vernahm, war das sanfte Summen der Klimaanlage.

Langsam schritt er den Flur ab, blieb an jeder Tür stehen und lehnte kurz sein Ohr daran. Auch wenn die Gicht seinen Körper als Geisel genommen hatte, funktionierte sein Gehör hervorragend. Doch in den Zimmern blieb es still.

Am Ende des Flurs blieb er vor der Treppe, die ins Erdgeschoss führte, stehen. Nachdem er noch einmal zurück geblickt hatte, schaltete er das Licht im unteren Flur an und stieg vorsichtig hinab.

Noch während er sich auf halber Treppe befand, spürte er wieder den kalten Schauer in seinem Nacken, der wie ein Windhauch an ihm vorbeistreifte. Albrecht stoppte seinen Abstieg und schüttelte sich. Im nächsten Augenblick war das Geräusch wieder da. Es hörte sich an, als würde eine

Waschmaschine laufen. Die Waschmaschine befand sich im Keller, aber das Geräusch kam eindeutig aus dem Fitnessraum.

Albrecht verdrängte den Gedanken an den Windhauch, verließ eiligst die Treppe und zog vorsichtig die Tür des Fitnessraums auf. Was er dort sah, verschlug ihm die Sprache: Angelika saß auf einem Ergometer und trat kräftig in die Pedalen. Ihr Nachthemd klebte, vom Schweiß durchtränkt, an ihrem Körper.

Als sie ihn bemerkte, sagte sie ziemlich außer Puste: „Tut mir leid, ich konnte nicht schlafen".

„Aber du hast doch eben noch neben mir im Bett gelegen?"

„Das kann nicht sein, Albrecht. Du musst dich getäuscht haben. Geh ruhig wieder ins Schlafzimmer, ich bin gleich fertig."

Völlig verdattert drückte er die Tür zu und machte sich wieder auf den Weg ins Obergeschoss. Dabei versuchte er zu verstehen, wie er sich so hatte irren können. Dann blieb er erneut stehen; direkt neben dem Badezimmer, aus dem er nun das monotone Rauschen der Dusche hörte.

Wie konnte Angelika so schnell nach oben zum Duschen gelangt sein? An ihm vorbei? Das war unmöglich. Also, wer mochte jetzt duschen, wenn es nicht Angelika war? Albrechts Neugier verstreute seine Ängste in alle Winde und er betrat das Badezimmer. Tatsächlich war es Angelika, die ihn durch die beschlagene Scheibe hindurch anlächelte.

Das war zu viel. Albrecht musste wissen, wer neben ihm im Bett lag. Er humpelte so schnell er konnte zurück zum Schlafzimmer, riss die Tür auf und stürmte hinein.

„Was trampelst du hier so herum?", fragte Angelika, die ihn verschlafen anblinzelte. Albrecht hob die Hand vor den Mund. Sie zitterte, als er sagte: „Das kann ... nicht sein. Unmöglich. Du sitzt doch auf dem Ergometer ... nein du duschst."

„Was redest du denn da? Ich habe die ganze Zeit im Bett gelegen."

Während Albrecht sich die Haare zauste, betrat die geduschte Angelika in ein Handtuch gewickelt das Schlafzimmer.

„Warum stehst du herum?", fragte sie.

„Aber ... du liegst doch im Bett", sagte Albrecht, wobei seine Stimme wie Espenlaub zitterte.

„Spinnst du jetzt", sagte die geduschte Angelika.

„Mit wem redest du da? Leg dich wieder hin", sagte die Angelika im Bett.

Dann lugte die verschwitzte Angelika ins Zimmer.

„Ich gehe eben duschen", sagte sie.

„Was glotzt du so zur Tür, Albrecht?", fragte die geduschte Angelika.

„Komm ins Bett", quengelte die andere Angelika.

Albrecht taumelte, sein Herz tanzte Polka. Er griff sich an die Brust und sank auf die Knie.

„Meine Tabletten ...", stammelte er.

„Hast du seine Tabletten?", fragte die geduschte Angelika ihr im Bett liegendes Ebenbild.

„Ja, aber ich glaube, der alte Sack brauch sie nicht mehr. Das hat super geklappt. Wozu Drillingsschwestern doch gut sind."

Als der Schmerz in seiner Brust unerträglich wurde, flogen die Türen des Kleiderschranks auf. Kleider wirbelten heraus und Schuhe flogen den drei Frauen an die Köpfe. Die Nachttischschublade wurde herausgerissen und der Inhalt über die Frauen verteilt. Dann schwebte die Dose mit den Herzpillen durch die Luft, wurde wie durch Geisterhand geöffnet und eine Tablette schwebte in Albrechts schmerzverzerrten Mund.

Kurz darauf wurden die Drillinge erneut attackiert und suchten kreischend das Weite. Schwer atmend setzte sich Albrecht auf das leere Bett. Der Schmerz ließ nach. Als er wieder bei Kräften war, blickte er sich im Spiegel an. Er lächelte und stand auf, um seinen Anwalt anzurufen. Nun wusste er, dass er doch nicht alleine war; Klara war noch bei ihm.

Die Blutprobe

Der Mond hing wie ein überreifer, großer Käse am schwarzen Himmel. Bodennebel waberte über feuchte Wiesen und sammelte sich in den vollen Gräben, die auf beiden Seiten der Landstraße verliefen. Dunkle Bäume warfen schwache Schatten auf das glitzernde Gras, das sich endlos in alle Richtungen zu erstrecken schien. Die Nacht war kalt, feucht und trostlos.

Marco betrachtete die Uhr aus grünen, digitalen Ziffern am Armaturenbrett. Es war 2.24 Uhr, als das bläuliche Blinken hinter ihnen näher kam. Er schaute sich im Wagen um. Auf der Rückbank schliefen Jürgen und Thorsten, die in den letzten Stunden gut gebechert hatten. Ihre Köpfe ruhten auf der Brust. Zwischen ihnen rollte eine leere Bierdose hin und her.

„Was ist los?", fragte Nadine vom Beifahrersitz aus.

Marco drückte seine Zigarette in den Aschenbecher und schaute seine Freundin an. „Hinter uns sind die Bullen", sagte er und drosselte die Geschwindigkeit. Dann stoppte er am Fahrbahnrand und stellte den Motor ab. Kurz darauf erfüllte zuckendes, blaues Licht den Innenraum.

Ein Bulli stoppte fünf Meter hinter ihnen. Es wurde ein Scheinwerfer angeschaltet, der beide blendete.

„Die halten uns um diese Uhrzeit in solch einer verlassenen Gegend an? Ich glaub`s nicht", sagte Nadine und schirmte ihre Augen gegen das grelle Licht ab. Ein Beamter trat an das Fenster und klopfte mit einer Taschenlampe dagegen. Als Marco die Scheibe heruntergekurbelt hatte, sagte der Beamte: „Fahrzeugpapiere und Führerschein bitte."

„Alles klar." Marco kramte die Unterlagen aus dem Handschuhfach und überreichte sie ihm. Nachdem der Beamte sie durchgeschaut hatte, gab er sie zurück.

„Was ist mit den beiden?", fragte er und deutete auf die Rückbank.

„Die schlafen ihren Rausch aus."

„Wecken. Die kommen mit zur Blutprobe."

„Was soll das denn? Ich bin der Fahrer, die beiden sind doch nur Mitfahrer. Die ..."

„Wecken, habe ich gesagt. Sofort", brüllte der Polizist. Marco zuckte zusammen.

„Ok. Hey, ihr beiden, aufwachen", sagte er und rüttelte an ihren Beinen.

„Was`n los? Was soll der Stress?", lallte Thorsten und rieb sich ungläubig die Augen. Dann sah er den Polizisten.

„Kommen Sie bitte mit zu unserem Wagen."

„Warum?", fragte Thorsten. Jürgen wurde ebenfalls wach und versuchte die Situation zu erfassen.

„Wir müssen ihnen Blut abnehmen."

Thorsten stieg murmelnd aus und folgte dem Uniformierten schlaftrunken zu dessen Bulli. Nun sahen sie einen zweiten Beamten, der die ganze Zeit über am Streifenwagen gewartet haben musste. Zu zweit führten sie ihren Freund in das Fahrzeug.

Einige Minuten später trat derselbe Beamte nochmal ans Fenster und nahm Jürgen mit. Thorsten war bis dahin nicht wieder aufgetaucht.

„Seit wann nehmen Polizisten Blut ab? Das dürfen nur Mediziner. Und wo ist Thorsten? Warum holen die Jürgen ab und bringen Thorsten nicht wieder? Da stimmt was nicht", sagte Marco und schaute Nadine an, die zustimmend nickte. Und als sie das blendende Licht mit der Hand abschirmte, sah sie zwei Beine, die aus dem Bulli strampelten. Gleich darauf waren sie wieder verschwunden.

„Hast du das auch gesehen?", fragte sie.

„Was meinst du?"

„Na, die Beine, die aus dem Fahrzeug geragt hatten? Du, da ist was faul."

Ein Klopfen an der Scheibe unterbrach ihre Diskussion.

„Nun, die hübsche, junge Dame, bitte", sagte der Beamte und deutete grinsend mit einem langen, blutigen Finger auf Nadine. Dann sahen sie, dass weiteres Blut am Kinn des Mannes herablief und ihnen wurde schmerzlich bewusst, dass dies keine Polizisten waren. Marco schloss reflexartig die Türen ab. Der Mann schlug gegen die Scheibe, die in ihrem Rahmen erbebte.

„Fahr los", kreischte Nadine. Marco drehte den Schlüssel und der Wagen sprang an. Dann schlug der falsche Polizist nochmals, von einem Wutschrei begleitet, gegen das Glas und es zerbrach in tausend kleine Splitter. Seine Hand tastete ins Wageninnere und bekam den Kragen von Marcos Pullover zu fassen. Da gab er Gas. Der Wagen ruckte vor, die Reifen drehten durch, dann fassten sie auf dem Asphalt und das Auto bretterte in die Nacht hinaus.

„Mein Gott", schrie Nadine. „Was war das?"

„Keine Ahnung. Vielleicht zwei irre Massenmörder."

„Oh nein, was ist mit Thorsten und Jürgen?", fragte Nadine und bevor Marco antworten konnte, wurden sie mit voller Wucht von hinten gerammt. Ihr Wagen schleuderte nach rechts. Marco trat blitzschnell auf die Bremse, doch das Fahrzeug kippte in den Graben, rutschte einige Meter auf der Beifahrerseite weiter und landete schließlich auf dem Dach, wo es dann liegen blieb. Zum Glück war der Graben, in den sie geraten waren, nicht ganz voll mit Wasser. Beide hatten Schürfwunden und Prellungen erlitten, aber nicht besonders schlimm.

Sie lösten ihre Gurte und krabbelten gemeinsam durch die geborstene Frontscheibe. Das Wasser war kalt und sie begannen augenblicklich zu frieren. Der Scheibenmond erhellte die Umgebung, sodass sie sich gut orientieren konnten. Marco hatte eine Platzwunde am Kopf und erhebliches Schädelbrummen, aber er schob Nadine an ihrem Hintern die Böschung empor. Dann krabbelte er hinterher.

Marco sondierte schnaufend die Umgebung und erblickte den Bulli am Straßenrand. Er hatte sie ohne Licht verfolgt, deshalb hatten sie ihn nicht bemerkt, als er sie gerammt hatte. Die beiden Männer sah er nirgends.

„Wir müssen hier weg", flüsterte er Nadine zu und zog sie am Arm hinter sich her. Sie rannten in ein kleines Waldstück, das direkt hinter dem Graben begann.

Sie waren schon ein Stück in den Wald hineingelaufen, als plötzlich irgendetwas von oben aus den Baumkronen krachte und dumpf auf Marco landete. Er schrie auf, dann packten ihn blasse Hände und zerrten ihn zu Boden.

„Lauf weiter, Nadine. Verschwinde von hier, schnell…", brüllte er ihr zu, dann kam eine zweite Gestalt hinter einem Baum hervor und vergrub sein Gesicht in Marcos Hals.

Seine Worte gingen in ein kreischendes Gurgeln über. Nadine setzte sich in Bewegung, rannte um ihr Leben.

Sie lief weinend aus dem Waldstück und trat auf eine offene Wiese, in der sie immer wieder schmatzend mit ihren Schuhen versank, über sich den kalten Mond. Und als sie sich umdrehte, sah sie einen der Männer zwischen den Bäumen hervorstürmen und die Verfolgung aufnehmen.

Nadine sprintete weiter, ihre Lungen brannten bald wie Feuer und sie verfluchte die verdammten Zigaretten, an denen sie seit einigen Jahren hing. Kurz darauf verschluckte sie der Bodennebel.

Keuchend traf sie auf eine geteerte Straße. Sie stemmte die Hände auf die Oberschenkel und schnaufte tief durch. Der Nebel war deutlich dünner geworden, so konnte sie die Scheinwerfer, die auf sie zukamen, von weitem erkennen. Der näherkommende Wagen sah sie und bremste scharf ab. Nadine humpelte zur Fahrerseite.

„Na, schöne Frau. Was machen wir denn hier um diese Uhrzeit?", fragte der Fahrer, nachdem er die Scheibe heruntergelassen hatte. Zigarettenrauch quoll aus dem Inneren.

„Bitte...nehmen sie mich mit", stotterte Nadine außer Atem.

„Nichts lieber als das, Süße. Hüpf rein."

Sie stolperte um den Wagen herum und stieg auf der Beifahrerseite ein. Der Mann fuhr ohne ein weiteres Wort zu verlieren los.

„Warum schaust du dich ständig um, Süße? Hier ist niemand außer uns. Weit und breit", fragte der Mann, nachdem sie einige Minuten gefahren waren.

Nadine wollte ihm die Situation erklären, doch da bog er in einen holprigen Feldweg und stoppte den Motor. Sie starrte ihn entsetzt an.

„Nun mach dich ein bisschen frei, damit du deine Mitfahrt bezahlen kannst", sagte er und begann seine Hose aufzuknöpfen. „Du glaubst doch wohl nicht, die Fahrt ist umsonst?"

Nadine saß wie versteinert da.

Der Mann riss sie an sich. Er roch nach Zigaretten, billigem Parfüm und Schnaps. Nadine wurde übel. Er versuchte ihr die Jacke aus zu ziehen, doch dann riss jemand die Fahrertür auf und der Typ wurde von starken Händen aus dem Inneren gezogen.

Nadine erkannte die falschen Polizisten, die den zappelnden Fahrer auf die Motorhaube drückten. Ihre Gesichter waren blutverschmiert. Lange, spitze Eckzähne ragten aus ihren Mündern hervor. Dann stießen sie diese Zähne in den Körper des schreienden Mannes.

Nadine sprang aus dem Wagen und rannte weiter die Straße entlang. Der Nebel wurde dichter und als sie glaubte in ihm zu versinken, sah sie die beleuchteten Fenster eines Hauses. Mit letzter Kraft betätigte sie die Klingel. Ein älteres Ehepaar öffnete und sie stolperte in den Flur.

„Meine Güte, Mädchen. Was ist passiert?", fragte die ältere Frau, die ein dunkles Kleid trug.

„Polizei … rufen sie die Polizei", brachte Nadine hervor. Dann klingelte es an der Tür.

„Nicht aufmachen", schrie sie. Doch es war zu spät, vor ihr standen die falschen Polizisten.

„Tut uns leid Mutter, sie ist uns entkommen", sagte einer der beiden.

„Macht nichts. Wir fragen sie einfach, ob sie eure Schwester werden möchte … oder unsere Nachspeise", sagte die Frau und lächelte Nadine mit spitzen Eckzähnen an.

Das Dorf

„Verdammt, wir hätten nicht von der vorgegebenen Route abweichen sollen", sagte Andreas. Er blickte wütend zu Birgit, die auf dem Beifahrersitz die Landkarte studierte und der er insgeheim die Schuld für ihre momentane Lage gab.

„Ich verstehe das nicht", sagte sie. „Warum hat uns das Navi überhaupt hierhergeführt? Laut Landkarte existiert dieses Dorf gar nicht."

„Ach nein? Dann ist das hier eine Fata Morgana, oder was?", blaffte Andreas und stellte das Navi aus. Immerhin hatte es sie schon zum vierten Mal zu dieser Baustelle am Ortsrand geführt. Jeder Versuch einen anderen Weg zu nehmen, endete genau hier. Andreas wischte sich den Schweiß von der Stirn, denn vor einigen Stunden hatte die Klimaanlage spontan den Geist aufgegeben. Jetzt fühlte es sich im Inneren des Autos an, wie in einem Brutkasten.

„Vielleicht sollten wir in diesem Nest nachfragen, wie wir wieder zur Autobahn gelangen. Was meinst du, Andreas? Außerdem habe ich Hunger und die Kinder ebenfalls." Auf der Rückbank fingen Laura und Mika an, ihre Mutter lautstark zu unterstützen.

„Okay, okay", sagte Andreas genervt. Er startete den Motor und bog in die staubige, von Schlaglöchern übersäte Hauptstraße ein, die den kleinen Ort sorgfältig in zwei Hälften teilte.

Schrumpelige, kleine Häuser säumten die Straße auf beiden Seiten. In den ungepflegten Gärten wucherte das Unkraut teilweise kniehoch. Viele der von der Sonne verbrannten Rasenflächen waren lange nicht mehr gemäht worden. Zwischen einem knorrigen Baum und einer dreckigen Hauswand war eine Wäscheleine gespannt, an der einige Unterhosen und Socken wie vergessene Geister in der schwülen Sommerbrise schaukelten.

Trotzdem schien der Ort wie ausgestorben. Keine einzige Menschenseele war zu sehen. Nachdem sie die Ortsmitte erreicht hatten, steuerte Andreas den Wagen an den Straßenrand und stoppte. Birgit sah ihren Mann unsicher an.

„Ich glaube nicht, dass wir in diesem Kaff zu essen bekommen. Mir gefällt es hier nicht. Es ist unheimlich … wie in einer Geisterstadt."

„Ich werde mich trotzdem ein wenig umsehen. Irgendwer muss ja hier sein. Ich bin gleich zurück", sagte Andreas und stieg aus. Er überquerte die ungepflasterte Straße und marschierte zu einem Gebäude, das wie eine Kneipe aussah. Die Tür war verschlossen und als er durch eines der schmutzigen Fenster blickte, sah er nichts weiter als eine verwaiste Theke mit einigen Barhockern davor und ein paar kleine Tische in einer Nische. Niemand befand sich in dem Gebäude.

Andreas ging weiter und überblickte den Ort, dessen Namen er nicht kannte, da er kein Ortsschild besaß und der nur aus dieser einen Straße zu bestehen schien. Er fühlte sich dabei unwohl, so als wären viele Augen auf ihn gerichtet, die ihn aufmerksam musterten.

Vor einer großen Holzscheune blieb er schließlich stehen. Ihr Tor stand ein Stück weit offen und aus einem Impuls heraus blickte er hinein. Zuerst war es zu dunkel um etwas zu erkennen. Es fehlten die Fenster, die ein wenig Licht hineingelassen hätten. Dann gewöhnten sich seine Augen an die ungewohnten Lichtverhältnisse und er erkannte zu seinem eigenen Erstaunen etwa ein Dutzend neue Autos. Die Hälfte davon mit einer dicken Staubschicht bedeckt.

„Birgit, komm mal eben her. Das musst du dir ansehen", rief er über die Straße. Birgit stieg aus und kam in ihrem kurzen Kleid zu ihm gelaufen.

„Was ist?", fragte sie, als sie Andreas erreicht hatte.

„Das ist wirklich merkwürdig", sagte er. „Hier drinnen stehen teure Autos; vom BMW bis zum Porsche. Die passen so gar nicht zum restlichen Ort."

„Und warum stehen die in dieser Scheune?", fragte Birgit. Andreas zuckte mit den Schultern.

„Das soll uns egal sein. Wir holen die Kinder und sehen uns weiter um."

Doch als sie beim Wagen ankamen, standen die Türen offen und die Kinder waren verschwunden.

„Das gibt es doch nicht. Bis vor zwei Minuten saßen sie noch brav auf ihren Plätzen", sagte Birgit.

„Die können nicht weit sein", sagte Andreas und blickte angestrengt die Straße hinunter, die gerade ein abgemagerter Hund mit eingezogenem Schwanz überquerte. Langsam setzten sie sich in Bewegung; Birgit auf der rechten Straßenseite, Andreas auf der Linken.

Sie riefen die Namen der Kinder und blickten in die Gärten der Häuser. Doch sie erhielten keine Antwort. Nirgendwo sahen sie eine Spur von ihnen. Irgendwann blieben sie stehen und blickten sich achselzuckend an.

Die Mittagssonne brannte und ein laues Lüftchen wirbelte einiges an Staub auf der Straße auf. Ansonsten tat sich nichts. Und doch war da dieses Gefühl, von dutzenden Augen eindringlich studiert zu werden.

Plötzlich hörte Birgit seltsame Geräusche, die von einer alten Wellblechhütte herzukommen schienen. Als sie an der linken Seite der Hütte, in der einige Gartengeräte und zwei verstaubte Fahrräder standen, vorbeispähte, erblickte sie eine Gruppe dunkler Krähen, die sich im vertrockneten Gras um einen hellen Gegenstand balgten.

„Mein Gott, was ist das denn? Das gibt`s doch nicht", schrie Andreas, der durch ein Fenster in eines der baufälligen Häuser blickte. „Biggi, komm mal her. Das musst du dir ansehen … unglaublich."

In dem Augenblick schrie Birgit. Sie verscheuchte die Krähen und nahm den Gegenstand, an dem die Vögel mit ihren Schnäbeln herumgezerrt hatten, in die Hand.

„Andreas, komm rüber, ich muss dir was zeigen … schnell. Es ist wichtig", rief sie hysterisch. Andreas, der ihr eigentlich selber was zeigen wollte, rannte über die Straße und stellte sich zu seiner Frau.

„Was ist, ich habe da drüben …", maulte er. Doch als er sah, was Birgit in der Hand hielt, blieben ihm die restlichen Worte im Halse stecken. Birgit zeigte ihm die blutverschmierte Schirmmütze ihres Sohnes. Ein langer Riss verlief über die obere Naht.

„Was ist hier los?", fragte er entsetzt. „Auf der anderen Straßenseite habe ich durch ein Fenster eine Frau und ein junges Mädchen gesehen. Sie trugen beide Hundehalsbänder und waren mit einer langen Leine an ein Bett gefesselt."

Dann marschierte er ohne ein weiteres Wort an seiner Frau vorbei hinter die Hütte.

„Wo willst du hin?", fragte sie und folgte ihm.

Hinter der Hütte waren zwei alte Männer dabei ein Loch auszuheben. Ein etwa zwölfjähriger, schwachsinnig wirkender Junge schaufelte gerade ein kleineres zu. Als die Alten Birgit in ihrem Sommerkleid erblickten, grinsten sie zahnlos.

„Hören Sie...", begann einer der beiden, „...wir wissen nicht warum, aber in unserem Dorf werden keine Mädchen geboren. Seit Jahrzehnten nicht mehr. Wenn eine Frau hierher heiratet, stirbt sie sehr schnell. Es scheint, als mag dieses Dorf keine Frauen. Also müssen wir sie ... sagen wir mal ... importieren."

„Sie sind auch nicht von schlechten Eltern, Lady", sagte der andere strahlend. Jetzt grinste auch der Junge schief.

Andreas hörte hinter sich Geräusche und als er sich umblickte, sah er etwa hundert Menschen auf der Straße stehen, die sie alle anglotzten. Es waren fast nur männliche Personen; von Kindern bis Greisen. Bis auf ein Mädchen, das sie in die Mitte genommen hatten: Laura.

Birgit starrte immer noch auf die blutige Mütze.

„Wo ist er?", fragte sie. Ohne ihre langen Beine aus den Augen zu lassen, sagte der Alte: „Wie gesagt, wir brauchen nur Weibchen."

Birgit starrte auf das zugeschaufelte Loch und schrie.

„Papa", sagte Laura und streckte ihm ängstlich ihre Hand entgegen. Andreas gelangte nur einen Schritt auf sie zu, dann sprang der Junge blitzschnell mit seiner Schaufel vor und schlug ihn von hinten nieder.

Benommen spürte er, wie ihn jemand an seinen Füßen über den trockenen Boden schleifte und ihn dann grob in das Loch warf. Unfähig sich zu bewegen, sah er, wie die Meute seiner Frau und seiner Tochter Halsbänder anlegten und sie dann wegschleppten.

Er wollte ihnen zurufen, sie sollten schnell verschwinden, doch seine Zunge schien an seinem Gaumen festgenagelt zu sein. Er hörte sein Auto aufheulen und dachte, dass sie es ebenfalls in der Scheune verstecken würden; damit sie niemals gefunden werden.

Er spürte die brennende Sonne auf seiner Haut und den brummenden Schmerz in seinem Schädel. Er sah eine dünne Wolke am ansonsten völlig blauen Himmel. Er sah das grinsende Gesicht des Jungen über sich. Und er spürte, wie der schwachsinnige Junge anfing, Erde in sein Grab zu schaufeln. Schaufel für Schaufel und fröhlich pfeifend verschloss er das Loch, das sich an viele andere reihte.

Der Mitternachtsbus

Dass Nick aufwachte, lag nicht an dem kurzen Rumpeln oder dem leichten Schlag gegen die Stirn, sondern an dem Traum, in dem er schwer mit einem Fahrrad gestürzt war. Vielleicht weil Tina ihn ständig dazu drängte, sich eines zu kaufen, damit er nicht immer mit dem Bus zur Arbeit fahren müsste. Sie behauptete, es würde ihn langsam fett machen.

Nun war er wach, wischte sich getrocknete Spucke vom Kinn und blinzelte verschlafen in den Bus. Von der letzten Bank aus hatte er einen guten Überblick und als er eingeschlafen war, war er der einzige Fahrgast gewesen. Nun saß jemand zwei Reihen vor ihm. Der Fremde musste zugestiegen sein, während Nick geschlafen hatte.

Nick schaute auf seine Uhr, es war kurz nach Mitternacht. Er reckte sich und gähnte lautlos, dann musterte er den neuen Mitfahrer genauer. Irgendetwas stimmte nicht mit ihm. Der junge Mann trug einen grauen Kapuzenpulli, den er sich über den Kopf gezogen hatte. Er starrte auf den dreckigen Boden und murmelte vor sich hin, wobei er durchgehend leicht den Kopf schüttelte.

Nick stand auf und setzte sich in die parallele Sitzbank auf der anderen Seite des Ganges. Von dort aus sah er, dass der graue Pullover des Mannes blutverschmiert war. Er hatte seine Hände im Schoß gefaltet und knetete sie umständlich. Lange, braune Haare lugten wirr aus der Kapuze heraus.

„Ich weiß es nicht … weiß es nicht…", flüsterte er ohne seine blauen Turnschuhe aus den Augen zu lassen, auf denen sich Blutspritzer befanden. An seiner linken Hand trug er einen goldenen Siegelring. Vielleicht den Ring einer Studentenvereinigung?

Was stimmte nicht mit diesem Typen? Das Blut, das Gemurmel, das nervöse Händekneten; der Fremde war ihm unheimlich. Nick schaute aus dem Fenster und dachte nach. Draußen zog Berlins beleuchtete Innenstadt vorüber, die ihm nun völlig fremd vorkam. Nick fühlte sich unwohl. Dann nahm er seinen Mut zusammen und wandte sich dem Fremden zu.

„Alles ok mit dir? Du blutest ja, haben sie dich überfallen?"

Der Fremde schaute jetzt zum ersten Mal auf. Er starrte Nick mit weit aufgerissenen Augen an. Verwirrte, ängstliche Augen, die glanzlos waren. Seine farblosen Lippen bebten. Getrocknetes Blut klebte an seiner Wange.

„Ich weiß es nicht", stammelte er. „Ich bin gestürzt, dann … war ich hier drinnen."

Er schaute sich um. „Wo bin ich hier überhaupt?"

„Linie zwölf. Ich nenne sie den Mitternachtsbus. Damit fahre ich von der Arbeit nach Hause. Mitternachtsbus wegen der Uhrz…"

„Ich kann mich an nichts erinnern. Da kam dieses Auto, ich bin mit dem Fahrrad ausgewichen … dann weiß ich nichts mehr", schnitt der Fremde Nick das Wort ab.

„Du hattest einen Fahrradunfall?"

Der junge Mann kramte in seiner Hosentasche. „Mein Haustürschlüssel ist weg, ich muss ihn verloren haben", sagte er mit zitternder Stimme. „Ich komme nicht ins Haus."

„Vielleicht in der Pullovertasche. Ich denke aber, es ist besser, wenn du erstmal ins Krankenhaus fährst. Du bist völlig blass und vor allem bist du verletzt."

„Mein Haustürschlüssel ... verdammt, was ist nur los? Ich kann mich nicht erinnern in den Bus gestiegen zu sein."

Bevor Nick etwas erwidern konnte, sah er das Blinken auf der Straße. Der Bus wurde langsamer, dann stoppte er. Nick stand auf und stellte sich in den Gang, um besser sehen zu können. Der Fremde stand ebenfalls auf und stellte sich hinter ihn. Er starrte aus trüben Augen auf Nicks Nacken. Dann wühlte er in der Tasche seines Pullovers.

„Was zum Teufel ist das? Was ist hier los?", fragte Nick.

„... ist hier los?", echote der Fremde, dann zog er etwas Glänzendes aus der Tasche. Er trat noch dichter an Nick heran, der durch das Geschehen auf der Straße abgelenkt war.

„Verdammt, das gibt`s doch nicht", stammelte Nick. Der Fremde stand nun direkt hinter ihm und hob seinen Arm. Nicks Aufmerksamkeit blieb von dem, was auf der Fahrbahn vor sich ging, gefesselt

„Ich habe meinen Schlüssel gefunden, danke", sagte der Fremde plötzlich und hielt ihn Nick schräg unter die Nase. „Du hast mir sehr geholfen."

„Schön", antwortete Nick geistesabwesend und trat neben den Fahrer an die Windschutzscheibe. Es war nicht der Krankenwagen, der ihm einen Schock versetzte. Es war die Person, die großteils von einer Plane verdeckt im zuckenden Licht des Krankenwagens neben einem zerstörten Fahrrad auf der Fahrbahn lag. Blaue Turnschuhe lugten unter der Plane heraus. Genauso ein verdrehter Arm, an dessen Ringfinger ein klobiger Siegelring saß. Nick erstarrte und drehte sich vorsichtig um. Doch in dem Bus befand sich außer ihm und dem Fahrer niemand mehr. Der Fremde war verschwunden.

Nick ließ sich verwirrt auf einen Sitz plumpsen. War er tatsächlich einem Toten begegnet? Er wollte den Fahrer darauf ansprechen, ließ es aber sein und als der Bus weiterfuhr, entschied er sich, Tina zu erzählen, dass er sich kein Fahrrad kaufen würde. Das wäre viel zu gefährlich.

Der Schlüssel

Hans war gerade dabei, sein Frühstück vor dem Fernseher einzunehmen, als es an der Haustür läutete. Grummelnd legte er das Brötchen zurück auf den Teller und stampfte auf Socken in den Flur.

„Guten Morgen", sagte der Postbote, nachdem Hans die Tür geöffnet hatte.

„Guten Morgen."

„Würden Sie ein Paket für Ihren Nachbarn annehmen?"

Hans legte die Stirn in Falten. „Für welchen denn?", fragte er und warf einen flüchtigen Blick ins Treppenhaus. Der Postbote blickte auf seinen Scanner.

„Ähm … für Herrn Lefuet. Er wohnt gleich nebenan. Ich werde ihm eine Bestätigungskarte in den Briefkasten stecken, damit er weiß, bei wem er das Paket abholen kann."

Hans dachte kurz darüber nach. Er kannte seinen Nachbarn nicht. Der wohnte erst seit Kurzem hier und er hatte ihn noch nie gesehen. Aber wenn es um Nachbarschaftshilfe ging, wollte er sich nicht lumpen lassen.

„Einverstanden", willigte er schließlich ein. Er wollte schnellstmöglich zu seinem Frühstück zurück. Der Bote schob ihm das Paket in den Flur, dann quittierte ihm Hans den Empfang.

Nachdem er sein Frühstück beendet hatte, ging er zurück auf den Flur. Das Paket war groß, beinahe einen Meter hoch. Hans hob es an. Für seine imposante Größe war es merkwürdig leicht. Vorsichtig schüttelte er es. Dabei rutschte etwas raschelnd hin und her. Nachdenklich stellte er es wieder ab.

Lefuet, so ein blöder Name. Was hat der Typ sich da bloß bestellt?

Hans hatte nicht zum ersten Mal ein Paket für einen Nachbarn entgegengenommen, doch dieses hier kam ihm irgendwie sonderbar vor. Die Abmessungen des Kartons und sein Inhalt schienen nicht zusammenzupassen. Eine Zeit lang überlegte er, was das bedeuten könnte. Schließlich entschied er, dass es überhaupt keine Bedeutung hatte und begab sich, wie geplant, in sein Bastelzimmer. Den Rest des Tages war er damit beschäftigt, ein Segelschiffmodell aus Holz zusammen zu kleben, das er in seinen Wohnzimmerschrank stellen wollte. Das Paket hatte er mittlerweile vergessen.

Erst als er gegen Abend wieder den Flur betrat, wunderte er sich, dass noch niemand dagewesen war, um es abzuholen. Ungläubig schüttelte er den Kopf und wollte gerade die Küche betreten, um sich ein Abendessen zuzubereiten, als er ein merkwürdiges Kratzen hörte. Im Türrahmen stehend drehte er sich um und starrte das Paket aus zusammengekniffenen Augen an. Er war sich sicher, dass das Geräusch aus dem Karton kam. Doch auch nach zweiminütigem Warten wiederholte es sich nicht und er entschied, sich das nur eingebildet zu haben.

Nach dem Essen wusch er das Geschirr ab und als er dann mit einer Flasche Bier auf dem Weg ins Wohnzimmer war, um dort fernzusehen, vernahm er wieder das Kratzen, gefolgt von leisen Klopfgeräuschen. Als wollte sich jemand von Innen bemerkbar machen.

Hans dachte, dass dort drinnen vielleicht eine Katze hockte. Da das Paket keine Luftlöcher besaß, würde sie elendig ersticken. Hans eilte ins Arbeitszimmer, holte eine Schere und öffnete es.

Wer verschickt seine bescheuerte Katze, dachte er. Doch im Inneren befand sich kein Tier, nur ein kleines Buch, mit einem dunklen Umschlag ohne Aufschrift. Hans nahm es heraus und wunderte sich, warum jemand ein Buch in einem viel zu großen Karton verschickte. Ebenfalls Sorgen machte er sich um seinen Verstand, denn das Buch hatte wohl kaum die Geräusche verursacht. Also beschloss er erneut, sich das Ganze nur eingebildet zu haben.

Er stellte den Karton ins Wohnzimmer und setzte sich mit dem Schmöker auf das Sofa. In dem Buch standen Geschichten über ein fernes Land, in dem blutrünstige Dinge geschahen. Das Buch schien der Schlüssel zu diesem Land zu sein, zu dem es einen geheimen Zugang geben sollte. Es war in einer sauberen Handschrift verfasst. Vielleicht war es sogar ein Tagebuch, in dem jemand seine Erlebnisse niedergeschrieben hatte.

„Mein Gott, was du alles mitgemacht hast", flüsterte Hans. „Mit dir möchte ich nicht tauschen. Aber vielleicht hast du das ja überhaupt nicht erlebt, sondern nur ausgedacht. Aber selbst dafür bräuchte man eine wirklich kranke Phantasie."

Trotz der schaurigen Geschichten schlief er kurz vor Mitternacht auf dem Sofa ein.

Gegen drei Uhr in der Nacht wachte er jedoch wieder auf. Geweckt wurde er von einem beunruhigenden Klappern, das aus der Küche kam. Hans stand auf, wischte sich den Schlaf aus den Augen und lauschte angestrengt. Als er ein lautes Klirren hörte, zuckte er zusammen. Irgendwer befand sich im Haus.

Unter dem Sofa lag ein abgebrochener Besenstiel, den er dort für alle Fälle deponiert hatte. Er zog ihn hervor und ging zur Wohnzimmertür ... die nun offen stand. Er war sich sicher, sie beim Betreten des Zimmers geschlossen zu haben. Dann klapperte es wieder in der Küche.

Mit klopfendem Herzen schlich er in den Flur. Die Küchentür stand ebenfalls offen und dahinter ertönte ein lautes Schmatzen. Hans zwang sich weiterzugehen. Die Tür drückte er schließlich mit seinem Stock auf. Was er daraufhin sah, ließ ihn an seinem Verstand zweifeln.

Vor dem geöffneten Kühlschrank stand ein Mann, der ihn anstarrte. Blut tropfte von seinem Kinn auf die Bodenfliesen. Er biss genüsslich in ein rohes Steak und schmatzte vergnügt. Seine Augen waren eine einzige dunkle Masse, ohne Iris. Sie fixierten Hans. Die Person war splitternackt und die weiße Haut von Kopf bis Fuß mit braunem, getrocknetem Dreck beschmiert.

Der unheimliche Besucher trat einen kleinen Schritt auf Hans zu. Der machte einen großen Schritt rückwärts und verließ so die Küche. Dann schlug er die Tür zu. Schwer atmend wich er noch weitere Schritte zurück, ohne die Küchentür aus den Augen zu lassen. Plötzlich hörte er wieder dieses Kratzen und Klopfen aus dem Karton im Nebenzimmer.

Hans ging langsam zurück ins Wohnzimmer, wo er gerade noch mitbekam, wie zwei weitere ungebetene Besucher nacheinander aus dem Paket stiegen, als würde sich eine Treppe darin befinden. Ein untersetzter Mann mit einem spitzen Hut und eine alte Frau. Die Frau hatte lange, ölige

Haare, in die kleine Gegenstände eingeflochten waren, die wie Knochen aussahen. Beide waren ebenfalls nackt und mit Dreck beschmiert. Dann begannen sie zu streiten. Die Frau fauchte den Mann an und schlug ihm den Hut vom Kopf, woraufhin er torkelnd zurückwich. Er drohte ihr zischend mit der Faust, von der kleine Dreckklumpen rieselten.

„Was geht hier vor? Gott, steh mir bei", flüsterte Hans, der den Stock nur noch schlaff neben sich in der Hand hielt. Der Mut hatte ihn nun vollständig verlassen.

Der Mann und die Frau stellten ihr Gezanke ein und richteten ihre Aufmerksamkeit auf Hans. Der stand stocksteif, mit weit aufgerissenen Augen da und wusste nicht, wie ihm geschah. Ein schiefes Grinsen machte sich auf den Gesichtern der Eindringlinge breit, als sie zusammen langsam näher kamen. Erst jetzt sah Hans, dass ihre Hände keine richtigen Finger besaßen, sondern verkrüppelte Klauen mit scharfen Krallen.

Der Anblick der tödlichen Waffen holte ihn aus seiner Lethargie. Er wich schnell auf den Flur zurück. Doch als er sich dort umdrehte, sah er den dritten Besucher im Türrahmen zur Küche stehen. Sein blutverschmiertes Gesicht grinste diabolisch. Die Klauenhände klappten auf und zu, wie bei einem Krebs. Und in seinen dunklen Augen schien etwas zu schwimmen.

„Was wollt ihr von mir? Ich habe nichts getan ... lasst mich in Ruhe", winselte Hans. Die drei Gestalten schienen ihn nicht zu verstehen, oder wollten nicht, denn sie kamen gemeinsam auf ihn zu. Hans sah nur noch eine Chance, und das war die Flucht aus der Haustür. Als Hans sie aufriss, schrie er laut auf und taumelte einen Schritt zurück.

Vor der Tür stand eine große Gestalt, die einen langen Ledermantel trug und einen breiten, runden Hut. Ohne auf eine Aufforderung zu warten, betrat sie den Flur und betrachtete die Eindringlinge, die nun völlig regungslos dastanden.

„Sie haben den Karton geöffnet ... und Sie haben in dem Buch gelesen. Wie töricht von Ihnen", sagte der Fremde mit einer tiefen Grabesstimme. „Warum?"

Hans, der völlig von der Rolle war, sagte: „Ich weiß es nicht ... tut mir leid, ich..."

„Das ist jetzt egal. Geben Sie mir den Karton und das Buch."

Hans nickte. Er stürmte an den regungslosen Gestalten vorbei ins Wohnzimmer und holte die Gegenstände. Fassungslos beobachtete er, wie die drei wieder bereitwillig in dem Karton verschwanden. Dann steckte er das Buch ein, nahm das Paket und ging ins Treppenhaus, wo er seine Wohnung aufschloss und darin verschwand. Zurück blieb ein völlig verdutzter Hans, der froh war, dass seine ungebetenen Gäste alle wieder verschwunden waren.

Zwei Stunden später hatte er seine Wohnung wieder sauber. Es war, als wäre alles nur ein Traum gewesen. Völlig übermüdet schleppte er sich ins Schlafzimmer und legte sich ins Bett. Er war gerade eingeschlafen, als sich eine kalte, mit Dreck beschmierte Klaue von hinten an seine Kehle legte.

MIX

Papier | Fördert
gute Waldnutzung

FSC® C083411

Zeitfracht Medien GmbH
Ferdinand-Jühlke-Straße 7
99095 Erfurt, Deutschland
produktsicherheit@kolibri360.de